2018 年度大连外国语大学学科建设专项经费资助项目

三重奏

「哥伦比亚」巴布洛·蒙托亚（P. Montoya）

著

黎妮 译

海天出版社

图书在版编目（CIP）数据

三重奏 /（哥伦）巴布洛·蒙托亚著；黎妮译 . —
深圳：海天出版社，2019.5
ISBN 978-7-5507-2560-7

I. ①三… II. ①巴… ②黎… III. ①散文诗－诗集
－哥伦比亚－现代 IV. ① I775.25

中国版本图书馆 CIP 数据核字 (2018) 第 286810 号

版权登记号 图字：19-2018-102 号
Terceto
by Pablo Montoya
©Pablo Montoya, 2016
©Penguin Random House Grupo Editorial, S.A.S., 2016

三重奏
SANCHONGZOU

出 版 人：聂雄前
责任编辑：岑 红
责任技编：梁立新
装帧设计：浪波湾图文

出版发行：海天出版社
地　　址：深圳市彩田南路海天综合大厦（518033）
经　　销：全国新华书店
印　　刷：深圳市天鸿印刷有限公司
开　　本：889mm×1194mm　1/32
字　　数：224 千
印　　张：8.75
版　　次：2019 年 5 月第 1 版第 1 次印刷
定　　价：45.00 元

策　　划：大道行思文化传媒有限公司
地　　址：北京市海淀区蓝靛厂南路 55 号金威大厦 707—708 室（100097）
电　　话：编辑部（010-51505219）　　发行部（010-51505079）
网　　址：www.ompbj.com　　邮箱：ompbj@ompbj.com
新浪微博：@大道行思传媒　　微信：大道行思传媒（ID：ompbj01）
大道行思公司常年法律顾问：天驰君泰律师事务所律师冯培，电话：010-61848179

序　言

　　拉丁美洲文学对中国的影响是不言而喻的。而在拉丁美洲群星璀璨的文坛上，哥伦比亚这块奇特的文学沃土，尤与中国有着久远的文学渊源和深厚的情分。很久以前，我国就将代表着拉丁美洲 19 世纪浪漫主义文学顶峰的杰作、哥伦比亚杰出小说家豪尔赫·伊萨克斯的《玛利亚》介绍到国内来，让我们的广大读者品味了一个感人至深的凄美的爱情故事。从 20 世纪 80 年代初，哥伦比亚多位作家的优秀作品被翻译成中文，其中包括曼努埃尔·梅西亚、卡瓦耶罗·卡尔德隆、索托·阿帕里西奥、大卫·桑切斯……这些文学大家的作品，均受到了中国读者的欢迎。自然，尤其引起轰动的当属 1982 年诺贝尔文学奖获得者、享有极高世界声誉的加布列尔·加西亚·马尔克斯的《百年孤独》。2015 年李克强总理访问拉美四国，特别带上了中国诺贝尔文学奖获得者莫言、作家协会主席铁凝和作品西班牙文版在拉美最畅销的作家麦家三位作家。在一次哥伦比亚总统亲自出席的为中国代表团举行的"中国—拉丁美洲人文交流研讨会"上，谈到拉美文学，李克强总理不无感人地说：哥伦比亚伟大的文学大师加西亚·马尔克斯的《百年孤独》这部魔幻现实主义不朽巨著，帮助中国人认识了拉丁美洲，对中国的当代文学创作产生了重大影响，这种文化效应穿越辽阔的太平洋，变成了联系两国人民灵魂的独特纽带。莫言则表示，他一直盼望某一天对加西亚·马尔克斯先生的故乡进行正式访问，他早已准备好了将来有机会在一次国际文学研讨会上相遇时对最崇拜的作家、也是对自己的文学创作产生了莫大影响的《百年孤独》的作者说一句话：先生，我在梦中曾经与你一起喝过咖啡，但哥伦比亚的咖啡里面有点中国绿茶的味道。莫言还说，他读了《百年孤独》第一句话就惊叹道：哦，原来小说可以这样写，我也可以这样写。于是他以后的作品，真的带有了一点儿魔幻现实主义的味道。

哥伦比亚文学对中国的影响可见一斑。

现在海天出版社要推出又一部哥伦比亚佳作了。这部题为《三重奏》的作品是著名哥伦比亚作家巴布洛·蒙托亚于 2016 年出版的一部散文诗集，全书包括 193 段人文故事，由《旅行者》《线条》和《节目单》三个姊妹篇组成。按照作者的说法，《旅行者》是一部旅行史，《线条》是一部绘画史，《节目单》则是一部音乐史。这部混杂着现实与虚幻，将散文、诗歌、寓言、短篇小说精妙地融为一体的散文诗集，内容有的来自神话，有的来自历史长河，这里有艺术家、哲学家、文学家、科学家、旅行家、画家、神话人物，令人眼花缭乱。每个人物都隐含着深意哲理的故事，他们受不同文化的滋养，经历了我们或是熟悉或是陌生的一段又一段的历史。打开书卷，慢慢翻读，一个个人物跃然纸上，一幅幅画映入眼帘，一曲曲乐章在耳边回荡。这些故事既独立成篇，又像一部形散神聚的小说集，将历史的奇闻轶事一个个娓娓道来，如一段段梦中遗迹，忽明忽暗，实幻交错，读者品味着这些处于不同文化空间、跨越不同时空的五光十色的人物，犹如走进了一个既熟悉又陌生的光怪陆离的时光隧道，聆听着一曲奇妙的三重奏，享受着一场丰美的文化盛宴。待掩卷沉思，则更加玩味无穷。

我国自 20 世纪 70 年代末至今，已将拉丁美洲各国代表作家的 500 余部重要作品翻译过来，但像《三重奏》这样内容和写作手法的作品似尚未见到，因此作为读后感，我愿称其为又一部拉美文学奇葩。

《三重奏》的作者巴布洛·蒙托亚（Pablo Montoya）1963 年出生于

哥伦比亚巴兰卡韦梅哈 (Barrancabermeja)，早年曾在通哈（Tunja）高等音乐学校学习，之后毕业于波哥大圣托马斯大学语言哲学系，继而到巴黎新索邦大学（Université Nouvelle Sorbonne-Paris 3）深造，主攻西班牙及拉丁美洲文学，获硕士、博士学位。蒙托亚很早就投入到文学创作中，其作品题材多样，小说、故事、散文诗、散文、文学评论均有建树，已独立出版文学作品 20 余部，目前在哥伦比亚安蒂奥基亚大学任教。除了这部前前后后花费了 30 年心血写就的《三重奏》之外，他还有一部被称为经典之作的鸿篇巨制《三段不光彩的时光》。此书以动荡的 16 世纪为背景，集中描写了在发现美洲新大陆后的早年间新、旧大陆错综复杂的矛盾和冲突，展现了奇异神秘的美洲新大陆崭新时代，同时也以锋利的笔触揭露了殖民者以宗教的名义在大西洋两岸进行凶暴摧残和掠夺的丑恶嘴脸，展现出一幅跌宕起伏、波澜壮阔的历史画卷。2015 年，巴布洛·蒙托亚也因为这部作品荣获了被称为拉美塞万提斯文学奖的"罗慕洛·加列戈斯国际小说奖"。

巴布洛·蒙托亚是哥伦比亚同时代作家中的佼佼者，在整个拉美文坛上也占据了应有的地位，其写作特色是善于用短句，语言文字表达精准优美，故事曲折委婉具有震撼性，感人至深，因此他的作品享有"文学艺术品"美誉，曾多次获国内国外奖，并被译成多种文字。《三重奏》集神话、绘画、音乐为一体，以拉美、欧洲、亚洲文化为背景，借他人之故事解读人生，相信《三重奏》中文版的问世，必将受到我国读者的欢迎。

尹承东

2018 年 10 月 28 日于大连外国语大学

致中国读者

　　《三重奏》是《旅行者》《线条》和《节目单》三部作品的合集，创作时间前前后后有 30 多年。我把它们合为一部书是因为它们就好像兄弟一般。《维南提乌斯·福蒂纳图斯》和《柴可夫斯基》是我最早的作品，那个时候，我还在通哈做音乐，我的生活整天都围绕声音转。1985 年，等到稍微成熟一些后，我一直想写一部简短、充满诗意的音乐史。然而，我当时初出茅庐，这项计划对于当时的我来说过于高远。随后我到了巴黎，也就是这个时候，旅行成了我作品的常用词。我把《旅行者》（1999 年）看作是一部简短、充满诗意的旅行史。又过了几年，仍然是在巴黎，我又写了《线条》（2007 年），一部简短、充满诗意的绘画史。再往后，我重新回到哥伦比亚居住，我写了《节目单》（2014 年），最终完成了那个多年以前的伟大计划。三部姊妹篇以历史为基础，字里行间略带诗歌的味道。在这些历史人物传记和想象当中，也融进了一部分我个人对世界和人类的看法，还有建立在短句和词汇之上的审美追求以及打破题材的一个小小奢求。《三重奏》的文字可能读起来像一本多篇幅的散文诗或小寓言。诗歌、散文、故事试图在简短的叙述中融为一体。这些作品可以当作一部小说的零散段落来阅读，好像一段梦的遗迹，黑暗又光明。

　　《三重奏》在中国出版发行，我欣喜万分。这部散文诗集汇集了我多年来创作的成果，作品讲述文明、触碰文化、穿越时空，如今用诸位使用的美妙语言展现出来，我觉得是一件很奇特的事情。

我一直认为文学创作的最高境界是可以淡化我们用语言图形和文字概念构筑起来的国界。《三重奏》希望能同诸位一起发挥想象力，跨越我们彼此的界限。借助这 193 段人文故事，大家去旅行，去欣赏，去聆听；面对风景，面对每日的憧憬与绝望，或者面对我们必须现身其中的那面躁动不安的镜子，人生即便短暂，却也依然令人感动。

我希望诸位在这些短文里可以寻觅到一种触碰历史脉搏的好奇。我希望诸位能在我笔下的这些旅行家、画家、音乐家短暂停留世间时发出的讯号中找到共鸣。

作者写于埃尔雷蒂罗（哥伦比亚）

2018 年 5 月

目　录

第一篇　旅行者

I

第二篇 线条

第三篇　节目单

v

旅行者

献给马丽亚娜·坎普扎诺

旅行是想象的律动。

——何塞·勒扎马·利马

伊卡洛斯（希腊神话人物）

憧憬着阳光，我学会了飞翔。我如今触碰到了太阳却也受了致命的伤。我回望大地。它才属于我。我赤裸着风做的身体，不知道是在坠落还是在星辰旁飘荡。

小贴士

希腊神话中代达罗斯的儿子，与代达罗斯用蜡制造的羽翼逃离克里特岛时，因飞得太高，双翼遭太阳熔化跌落水中丧生，被埋葬在一个海岛上。为了纪念伊卡洛斯，埋葬伊卡洛斯的海岛被命名为伊卡利亚岛。

诺亚（《圣经》人物）

我疲惫地绕方舟又走了一遍。身处无底深渊，我已万念俱灰。没人再问及水路的尽头。我们陷入一片沉寂，就连动物也不会去打破这份寂默。我只剩回想陆地和以往照料的那些牲畜，不是这些被饥饿和圈养折磨的物种。我是听命行事，并非希望使然。我看着最后这只鸽子，怀疑它是否能飞出一掌的距离。我拿起鸽子，然后把它放开，看着它坠入水面的雾气里。我问自己：是不是需要这样不辨方向地离去？消失会不会更好？忘记幸存下去的指令。

小贴士

《圣经》记载：诺亚是拉麦的儿子。他活了950岁。由于罪恶充斥，上帝要将所造的人和走兽并昆虫以及空中的飞鸟都从地上消灭。但是他又舍不得把他的造物全部毁掉，他希望新一代的人和动物能够比较听话，悔过自新，建立一个理想的世界。于是，上帝选中了诺亚一家：诺亚夫妇、三个儿子及其媳妇，作为新一代人类的种子保存下来。

摩西（公元前 13 世纪，犹太人民族领袖）

　　卑躬屈膝，颠沛流离，无名焦虑，这些难道我没有经历？我会害怕自己时间的消逝，我会遗忘你的指示，我选择了服从。我离开家园，告别恋人，丢弃孩子，带着族人找寻出路。你说：擎起手杖，降服海水，我照做了；你说：通知大家长子会遭受惩罚，我也照做了。于是我穿过了分开两端的海水。我同一群不明智的人一起错误地生活了 40 年。或许，对有着无尽时限的你而言 40 年不算什么，但它却是我生命中最重要的时光。沙漠的风沙不仅蚕食了我的身体，也吞噬了我的梦想。如果说我曾经狂妄自大，那是因为我不愿意在注定的毁灭中消亡。如果说我曾有出格之举，那也只不过是脆弱地诠释出你的想法。然而现在你告诉我不可以踏入这片朝思暮想的土地。你命令我退出，就好像我是一件物品，用完了就应抛弃。

小贴士

　　史学界认为摩西是犹太教的创始者。在犹太教、基督教、伊斯兰教和巴哈伊信仰等宗教里摩西都被认为是极为重要的先知。按照以色列人的传承，《摩西五经》便是由其所著。《出埃及记》中记载，摩西受耶和华之命，率领被奴役的希伯来人逃离古埃及，前往一块富饶之地：迦南地。经历 40 多年的艰难跋涉，他在就要到达目的地的时候去世了。

哈特舍普苏（约公元前1479—约公元前1458在位，古埃及女王）

一抵达底比斯，已经有一群人等着把我们带到卡纳克神庙。在那里，女王终于有了香料。她心存忌惮地向阿蒙祷告，我们小声应和。然后，我走进庙里，看见好几名女奴给女王脱下了衣服。她抖动着双手，用香木叶制成香膏，一种远方的树。她深长地嗅了一下。全身的肌肤随即就着上一层金色。面颊散出万丈霞光般的光泽。在那尊呈给上帝的芬芳胴体面前，一切都发生了变化。而我，在奇迹跟前臣服，垂下双目。

小贴士

古埃及第十八王朝女王，向臣民推广使用香料。

美拉尼西亚人

　　我在海岛的一片沙滩上发现了它。我把它夹在指间，悬空看了看。后面一轮红日融化在海水里。还有一道彩虹跨过水面。我将它靠近耳朵，听听硬壳里细小的声响。我小心翼翼地将它收起来拿给了神父。神父在祷告声中来回踱步，他瞪着好奇的双眼也听了听，还在它周围吐了一圈唾沫。神父同意让我加入旅程。我们乘船启程去寻找一个终点，或者说，一个同出发点遥相呼应的地方。每个人都带了东西。一段香枝，一块石头，一个陶罐。在风雨交加的夜晚，我牢牢地将自己的贡品捧在胸前。在世界恢复平静的时候，我感谢贝壳。我再次聆听它。它的声音是我最重要的秘密。

小贴士

　　美拉尼西亚系太平洋三大岛群之一（另外两个为密克罗尼西亚和波利尼西亚），其名源自希腊语，意为"黑人群岛"。美拉尼西亚人体形稍矮，肤色黝黑，头发卷曲。

一位船员

我在寻找利姆诺斯岛。它的夜晚宁静安详。岛上的女人们告诉我们：一切都属于你们，土地、荣耀、期待、我们的孩子。我们当时疯狂了，或许是过于年少，或许是被英雄主义冲昏了头脑，我们更贪恋往后的战斗。在波涛汹涌的海上不停地来来回回。为了得到无花果般的温柔、红酒般的酸肚肠、不值得记忆的公羊皮———一张盐腌公羊的皮，我们迷失了。记得我们当时有 50 个人。很多人的面孔我已经忘记了。他们当中陪伴我的是奥尔菲奥。我依然能看见他，赤裸着身体，斜倚在大腿上。在利姆诺斯岛上，他弹着里拉琴召唤着欲望。

小贴士

阿尔戈号上的一位船员。阿尔戈号是古希腊神话中的一条船，出海寻找金羊毛。

卡德摩斯（希腊神话人物）

　　我们带着石榴树，它的果实揭示了宇宙的复杂多变。雪松用来建造房屋。坚硬的金属可以铸造标枪。我很快就建起了一座城市，当然还有其他人与我同舟共济。有人给象牙打磨抛光，手艺精湛；有人擅长骑马作战；也有人性格安静，持笛吹奏；还有人双目低垂，预言风雨。妇女们身着红色衣装，捎来的秘密里飘散着未来夜晚的甜蜜。一位东方老者藏着刻的两块字牌跟我来到这里。他的使命是讲述我们都是谁；这次旅行叫什么名字——时代的一道印记；还要讲述文字流传必须经历的死亡。

小贴士

　　卡德摩斯，传说中建立了底比斯城，也是将腓尼基字母传入希腊的人。

约拿 (《圣经》先知)

　　大家在雅法港上了船。暴雨倾盆而泻。在长时间的争论之后，船员们把过错追加在我的身上。他们的想法没有办法改变，最终还把我扔进了大海。随后我便沉到了鲸鱼的肚子里。一股腐烂的海藻味。潮湿。狭窄的空间。我在昏暗中想起了尼尼微城的妓院。一切终于过去了，都是命中注定。现在我有一种被庇护的感觉。远离人群喧嚣和无用预言。幸运的是在这里不需要说服任何人。土生土长的当地人和心存疑虑者与面带微笑者一同听着约拿的高声宣道，这个可怕的梦魇不时把我惊醒。但是我依然继续祈祷。祈祷鲸鱼能一如既往，祈祷它对上帝的意愿不听不闻。

小贴士

　　约拿，本身是一个虔诚的犹太先知，并且一直渴望能够得到神的差遣。后来，神终于给了他一个光荣的任务，去宣布赦免一座本来要被罪行毁灭的城市——尼尼微城。约拿却抗拒这个任务，不断躲避着他信仰的神。

尤利西斯（神话人物）

　　我把伊萨卡岛想象成靠近干裂脸庞的一杯清水。从大木马日子以来，这杯水就已经准备好来抚慰我的渴求。当我独自在美人鱼岛的阳光下彷徨时，我就很想知道伊萨卡岛的情况，她灿烂得如忒勒玛科斯的眼睛，柔软得好像惆怅编织人的肌肤。但有时，她却是我一个沉重的梦。这个梦披着背叛编织的披肩。同我为敌的一桩桩罪恶，一个养猪人的忠诚，一个因缺失抱怨的妻子。而我，这个狡猾的人，这个知道逝者居所的人，小岛海域的利刃，走在伊萨卡岛上，她却不相信我是尤利西斯，她永远的孩子。

小贴士

　　尤利西斯，罗马神话人物，希腊神话传说中的奥德修斯。希腊西部伊萨卡岛之王，曾参加特洛伊战争。据说伊萨卡岛是其故乡。

一位臣民

我听过晃动种子的声音，反复拍打肌肤的声音和大风侵蚀石头哭泣的声音。但任何地方对声音的阐释都无法与你的智慧相匹配。一些民族与不在眼前的人交谈，这是他们在创造音乐；还有一些民族，他们吹口哨，那是为了布施雨水或是驱散风暴。有的人会在梦见神灵之前吹奏一种角器。不过没有人给出一条可遵循的法则。在我看来，你的要求无法实现。我准备回来告诉你音乐是什么，它没有办法解释。但是，一天早上，世界被创造了出来。我看见了万物，他们就好像是从一个光明体瞬间分裂而成。我想参与到那片宁静与和谐之中。于是，我折断一节竹子，吹了吹。声音代表我的激情。水从泉眼中涌出。接着出现了两只有着透明羽毛的小鸟。其中一只鸟把我的声音唱了六遍；另一只用六种不同的声音来回应。我无法给你破解这七种声音的奥秘。不过我把它们藏进竹筒里带来了。你听一听，一切话语都是多余的。这就是音乐的法则，也是你帝国的子民，我们的法则。

埃涅阿斯（神话人物）

　　你不要因为我的离开而忧虑。我们的过去就像旅途上的一站。你要明白思念之外还有使命。神谕启示我我将创造一个民族，一种语言。狄多，你说对了，这世间的幸福有时只是一瞬间。随着岁月的流逝，一幅幅画面将陪着你老去，而我只是其中的一幅。虽说很难做到，但是只要你努力去做，激情终究会干涸，遗忘随即会替而代之。

　　你从来都不明白我是如何全身心地在爱。我情深意切，他物难填。我们如胶似漆的时候我告诉过你。你熟睡时可以感受到我，我在你身旁守候。我的爱永无止境。任何东西也不能削减、改变或是将其终结。一段旅途、一个使命、一道神谕，还有你对荣耀的躁动，埃涅阿斯，这些在我的爱面前都是那么微不足道。我知道你会离开，你是如此雄心勃勃，你一定会离开，剩下我一个人。你不要认为我相信时间，相信遗忘，相信衰老。我的爱超越这些缥缈的东西。如果你有不同的想法，那是你的遗憾。没有人能阻止你，埃涅阿斯。但是你要记住，从死的那一刻开始，我会永远跟随着你。

小贴士

　　在神话里，埃涅阿斯被视作古罗马的神，和迦太基皇后狄多产生过短暂的恋情。

老子（约公元前571—公元前471，中国哲学家）

　　我是青牛，青牛是我。我们俩一同游历，内心却很平静。西藏就在那里，但是那里如同这里，都是幻境。我是青牛，说话无声，无念无想。青牛是我，它想要写一部无字书卷。我们在边界上止住了脚步，心里明白还要继续走下去，只是国度间的界线模糊不清。我们待命通过。在等待中，时间不存在，指令无出处，也不见道路。青牛和我决定不写书了。这部书已经可以阅读，还可以永久地读下去。

小贴士

　　老子，姓李名耳，字伯阳，外字聃，中国古代思想家、哲学家、文学家和史学家，道家学派创始人和主要代表人物。

一位囚犯

温暖的气息荡漾在空气中，但那不是火焰。尽管我从严寒里来，我却很清楚火焰的晃动。它不可见，却能穿破黑夜，把黑夜变成黑暗的欲望。不只是我感受到了它的存在。我在黑暗中探寻，在无数双眼睛里找到了激动。我小心翼翼地站起来，不让狱卒觉得我要逃跑或是想对他图谋不轨。我告诉他我的焦虑，用他的语言，这是我们多年来在监禁生活中学会的。有声音回答："你们不会相信，你们也不愿意去相信，但是我们来了。"是她们，她们身体里散发出来的气息在空中飘浮。我于是回想起先人们的声音。在监禁的日子里，他们不讲天际地平线之外的东西，不讲草原以外的东西。对我们而言，所谓的高度就是分布在无尽寒冷中的那几棵树。眼中看见的星星便意味着遥不可及的上帝。我们的父辈听过另一种阴性力量的存在，但是他们不相信。狱卒的祖辈夺取了我们祖辈的土地，他们也不相信。宇宙是一个躺卧着的男人，一直以来都是这么教传的。但是风吹到我们这里，用另一种我们不知道的声音和我们交谈。一种原始的悸动将我们包裹。晨曦慢慢露出面容，我们双膝跪地，呼吸骤停。我们听到狱卒们在念诵一个词。他们情不自禁，貌合神离，不厌其烦地说着：大山，大山，大山。我们看到了大山。一种幸福，又或是一种神圣的恐惧，涌上我们心头。

一个巴布亚人

我与上帝同龄。是他把我放进了雨林，说：你去探寻里面的秘密。我知道水潭里的陷阱，我能读懂蟒蛇的眼神。我做过昆虫，夜晚的鸟儿、蜘蛛。但是有一天，上帝又一次召唤我，命令说：你去找寻这棵树。于是，我的眼前便出现了一片绿彩斑斓。不知道又过了多久，直到有一天我找到了这棵树。我静静地观察它，在它周围跳来跳去。我歌颂它的茁壮。晚上在树根旁大小便。摸着它的树皮喊叫。我爬上爬下，化成它的枝，它的干。我拿着枝条爬上树，捆在树冠上，我对大树说：上帝让我把房子建得跟你一样高。我要靠近风，看着鸟。他曾许诺让我像鸟一样地飞翔。大树同意了，展开藤条，我顿感一阵空寂。

小贴士

巴布亚人，太平洋西部新几内亚岛及其附近岛屿上的土著民族，在森林里过着原始部落生活。

马库阿人

　　纹身有时是为了跳舞而绘制出的一个简单图案。于是，一轮圆月就画到了脸颊上。河床便是几道穿过脊背的纹路。跳"爱之舞"时，妇女们会先在胸前画上一棵树。对于我们有的人来说，纹身的纹路预示着灾难或是丰收。在老人们看来，纹身是一道伤疤，自下而上附在腿上，那是痛苦的印记。对于病患而言，纹身便是堆积在眉宇一侧的黄色星尘。纹身有时也反映了某个特征，甚至是死亡。平头上按下的食指印指的是伪装者。杀人者脖子上刺着一个黑色太阳。两根棍子交叉遮盖住臣服者的下巴。当纹身是脚踝上的一个圆圈时，那是揭示在携带者身上的大地秘密。而一条细纹印在指肚上，那便是诗歌，唯一的永存。

小贴士

　　马库阿人，也译"马夸人"。非洲东南部的民族之一。主要分布在莫桑比克、马拉维、坦桑尼亚等国。讲马夸语。多信仰万物有灵，部分信伊斯兰教和基督教新教。主要从事农业，渔业发达。

巴比伦的外国人

　　我穿着紫红色的衣服，准备去米莉塔神庙。在那里，我会碰到一个陌生男人，他会是谁呢？我只知道自己必须遵守族人的法则。我望着那高耸入云的石塔，顺着幼发拉底河前行。在水流中我能感受到即将爱抚我的那个男人的身躯。有些女人羞于这条法则，因为她们这一生需要把自己献给陌生人一次。我尊崇的是另一种解读。我走进神庙的那天早上，阳光明媚。空气中目光凝聚，探寻的脚步走走歇歇，回声可辨。我站在一条走廊上，拽着一根绳子成为团队中的一员。我等待着。不一会儿几枚钱币会落在我身上，接着就会听到那句神圣的话语。那时，我听到了这座城市遵循的习俗。随后，我穿过大街小巷。蜿蜒触云的石阶让我惊叹。我登上城墙，看着河水滋润着巴比伦。顷刻间，我便走到了神庙跟前，跟随着熙熙攘攘的人群继续前行。女人们回避着我的目光，这我理解。因为在这个国度，我是个异乡男子。好奇过后，我想要离开。我拨开人群后便看到了她。等待焦灼而躁动，心里想着那个男人在我身边驻足的那一刻。我屈服欲望，这种感觉让我浑身紧绷，我把要说的那句话记得清清楚楚。钱币落到我的手上。她从紫红色的长袍里望着我，于是我说："我请求你，米莉塔女神。"离开神庙后，她指了指旅店的方位，什么话也没有说。面纱的后面，她朝我微笑。我们的双手第一次相握。

小贴士

　　古巴比伦有一奇怪的风俗叫神庙节，女子有义务到神庙去贡献贞操，与异国男子发生两性行为，以表达对神的敬仰，同时说："我请求你，米莉塔女神。"

希罗多德（约公元前 484—约公元前 425，古希腊作家）

　　他头发花白。年纪，并不大。他的声音微微颤抖，好像依旧停留在旧时公众讲话的回忆里。这会儿他要走的路是跟着伯里克利派出的商队，去往最南端的地带。要是他做宣讲，或许会辩解："以前我对纺织品和矿产生意感兴趣。我研究战争——不可相信的权利迷雾。但是我已经累了，想休息了。我不需要睿智，我稍加观察就足以知晓这个帝国将何去何从。我已经搜集了它的很多辉煌佐证。我不想经受帝国衰落的痛楚。"我们目睹战火和一闪而过的人物剪影。"那雅典呢？"我斗胆打断了他，"在那里，他们还尊敬您吗？"他跟我说因为他的亚洲血统，所以他在那里的大街小巷一直都是个与众不同的人。而在哈利卡那索斯，这个自己出生和生长的地方，大家不认识他。他眼中浮现的座座城邦，没有一处适宜他休憩。当我们沉浸在梦想之前，他自言自答，同时也在回答我："我没有祖国，也没有家人。惊喜曾是我的满足。我的快乐，是发现世界的不同。我无法在这个世界上找到安身之所，这是今天的悲哀。"

小贴士

　　古希腊作家、历史学家，他把旅行中的所闻所见，以及第一波斯帝国的历史记录下来，著成《历史》一书，成为西方文学史上第一部完整流传下来的散文作品，希罗多德也因此被尊称为"历史之父"。

埃克巴坦那城的信使

　　埃克巴坦那城都是以皇宫为中心而修建的。第一座埃克巴坦那城的城墙都是同心圆，就如同向空中传播的一道道波纹，越往周边扩散，墙壁越高。第二座城，像一个个阶梯，国王住在最后一级台阶上。他在那里监控一切。他知道商人、灾难、敌人都会在什么时候到来。什么都瞒不过他。下方垛口守卫传递出的信息一成不变地传达到皇家护卫。然而，第一座城的君主，眼睛需要步步攀升，然后止步于最后一堵城墙。在那里，永远都是那么茫然，背叛从外方垛口蔓延进来。危险逼近的时候，军报盟军来了，于是灾难与彩虹细雨在天边被混做一团。在两座城里住着同样的居民。一座城的君王会被意外袭击，成为阶下囚，被人杀害。而在另一座城里，君王将目睹他的城邦被蚕食，军队被击溃，破坏性的火焰在燃烧，那么，结束生命是他唯一的逃脱方式。

小贴士

　　埃克巴坦那为米底王国的首都，亦为波斯帝国的首都，也是阿契美尼德朝四都城之一，位于今伊朗的哈马丹。根据史料记载，埃克巴坦那城墙共有七圈，每圈的颜色各不相同。

亚历山大

　　士兵们从一个驻地转到另一个驻地，一直把消息带到最为隐秘的那个村落。他们说年轻的国王没有那么野心勃勃了，他的精力已在疲乏中消耗殆尽。悲伤的号角响起，宫殿里的战旗让人联想到马其顿的梦想。这个世界就好像是各种语言和软泥的交汇点，名字叫亚历山大。这种交汇点反复出现在空间的每个角落，出现在沙漠，出现在平原。但是这种汇集是短暂的。我知道明天旧习又会重现，就好像波涛起伏的大海。一位农家妇人会在晨曦微光中洗涤自己的性别，一个男人会仰望天空，与天交谈。丝绸路上的商人在旅店里面喧哗。而你，亚历山大，你才刚刚诞生，却又快要死去。我，一个流浪的盲人，在你死后还会继续活着。我们肯定是一段无人会做的梦。我在你之后继续存活，为了在夜里的旅馆讲述那些短暂帝国的辉煌。

小贴士

　　在尼罗河亚历山大灯塔口以西一条东北—西南向伸展的狭长地带上，西北临地中海，东南靠迈尔尤特湖，曾为古埃及托勒密王朝都城，因亚历山大大帝兴建（公元前332年）而得名。

021

奥维德（公元前 43—约公元 17，古罗马诗人）

在流亡中思念赐予我们光亮，也令我们悲伤。流亡中我们同身影对话，默然无声。流亡中的第一缕朝阳和最后一抹彩霞表明时间在一天天流逝。流亡中的一切发现都变得模糊不清，混沌渺茫无边无际。流亡中大地无限伸延。亲爱的，流亡中，你最终会出逃。

辛巴达（故事人物）

　　乏味再次叩敲我的宫殿。下午变得很漫长。休憩不再随着乐师的音乐而至。美味失去了之前的香甜。我呼唤搬运工辛巴达，跟他讲我的航行，但是他已经过世了。镜中的我面色已不如从前。剩下的只有记忆。巴士拉海港，船在西方下沉。仅剩下记忆：巨鸟从高处俯瞰的世界，玛瑙杯。我没有告诉任何人我的决定。没有人忙着去准备。我的家人和朋友都已经不在了。一天早晨，奴隶、棋园、房间都消失了。我的身体经历了最后一次旅行。我想到了饥饿、干渴、旅行者的寂寞。我设想了一次不可能的归航，但倾听我冒险故事的那个人，慢慢地，消失了。

小贴士

　　《航海家辛巴达》是来源于阿拉伯《一千零一夜》的民间故事。

伊本·法德兰（10世纪阿拉伯外交官）

　　玉龙杰赤已在身后。天气更加寒冷了。骆驼也走累了。到我们抵达山脉的时候，天一直都阴沉沉的。下山的路上，我碰到了一个男人，他跟我谈论水。他无时无刻不在想着它。雨滴从云间落下，顺着石头流淌，就好像草上晶莹的露珠。古老的神谕把它叫做"上帝的眼泪""原始的泡沫"。他告诉我避开雨的办法。要么避开河流，要么闭上眼睛，不要看，直到雨停。我跟他说起无边无际的大海，他疑惑地看了我一眼，沉默不语。过一会儿他站了起来，赤裸的双脚布满尘土，变得更加坚实。他露出一部分脸庞，我发现他面颊上有些灰尘。我问他要不要洗洗，他自己掸了掸尘土。我问他要不要喝水，他靠近我的眼睛，说："我喝，可我无德无能享用它。"我能看到他的双唇干涸。我试图在他身上攫取一缕芬芳，但他却没有什么味道。

波奇卡（神话人物）

我们看见他在无声中划过。经过博卡塔，在珲萨的山林间穿梭。在苏卡木西那边消失了。我们可以从石头上的一条线读出他的话语，知道他的那次游历虽然短暂却能长存。他的信条警句让我们摆脱空虚。其一，文字描述他的白色胡须，长袍和击碎水中石块的手杖；其二，更为生动，那就是我们口中念颂的他的名字；其三，尤为重要，那就是高原空旷的夜晚，仍能聆听到他脚步声在空中回荡。

小贴士

波奇卡，拉美"穆伊斯卡神话"中的人物。穆伊斯卡人是组成现今哥伦比亚东科迪勒拉山脉中部高地"穆伊斯卡联盟"的人，讲奇布查语。

马可·波罗（约1254—1324，意大利旅行家、商人）

好几个小时过去了。他说我写。一座座城邦，一个个人物在经历牢狱折磨的这个威尼斯人的失眠中诞生。随后，我们便陷入黑暗。马可·波罗闭上了眼睛。我在安静的牢房里走来走去，心里想着忽必烈和他喜欢的巍峨大树，在大理石桥上，在山里零落的屋宅里；几个小时以后，又想到水渠筑成区域的夜晚。突然间，他开始喃喃说话，我继续写：十月天，顺着一串脚印继续前行，左面朝向东方。走了好几天，我们才明白过来自己走过的地方正是比单城。具体多少天并没有一个确切的数字，这取决于旅行者。城里没有停歇处，所以好几个拐角都让人想要停下休息。有时，暖风吹拂在被跋涉磨砺的脸上，宽慰的眼神顿时涌现，心里感到无限生机，就好像枝干上铺展开春季的绿色。城里鸟鸣莺啼，歌声融融。但是比单城也是狼藉一片，每一寸土地都有垃圾。街上无序的一群人挡住了道路，无法前行。一队士兵挡着你的去路。问他也不回答，根本无视你的问话。总之，当你呼吸到郊外繁杂的气息，你就会明白比单城是一个汇集多方元素的地方。此时，萌生了一个想法，不是目光往后看——你可以这么做，但看到依然是无尽绝望——而是想回到最初的地方。回到我们一无所知准备进城的那一天。无法回到原地是最大的不幸。比单城只能在追忆中去了解。你苍白无力的声音也仅能试图宽慰而已。

小贴士

马可·波罗，世界著名旅行家和商人，在中国游历了 17 年，曾访问当时中国的许多古城，到过西南部的云南和东南地区。回到威尼斯之后，马可·波罗在一次威尼斯和热那亚之间的海战中被俘，在监狱里口述旅行经历，由鲁思梯谦写出《马可·波罗游记》。但他到底有没有来过中国却引发了争议。

但丁（1265—1321，意大利诗人）

怀疑她并不在星际的静谧中，天堂的绚烂美好会在她的光芒中变成碎片。这个想法也招来了惩罚，因为顷刻间，我就置身于自己写作的另一段旅程。我看见母狼、雄狮和黑豹，在它们的交织窥视中，我看到了那段将我抛进迷雾里的篆文。就在这个时候，我大喊：老师！但是维吉尔并没有在。我抬起头看着他。在离我很远的地方，他在深渊边缘行走。我叫他，他没有听见。我奔跑，但是我跑近一步，他就走远一步。距离残酷又永久。又是一个新的地狱，一个真正的地狱向我开启。没有向导，肯定陷入无人跟随的境地。贝雅特丽奇，我叫喊，我的回声与负罪者的和声融合在一起。

小贴士

但丁，现代意大利语的奠基者，欧洲文艺复兴时代的开拓人物之一。1307—1321年创作长诗《神曲》，这部作品通过作者与地狱、炼狱以及天堂中各种著名人物的对话，反映出中古文化领域的成就和一些重大的问题，带有"百科全书"性质，从中也可隐约窥见文艺复兴时期人文主义思想的曙光，全书分为三部分：地狱，炼狱，天堂。

一位商人

巴格达黄昏时刻，我跟一个人说自己来自北部的寒冷地带。我坐着单薄的松木船渡过里海，琥珀货物没有受损。我要去金字塔的国度。我想从那里带回来食盐、珠宝和水瓶，里面装着摩西开启的水。

作为对旅行者的馈赠，他送给我一张灰白的纸，上面写着字，我看不懂。"魔法就藏在其中。"他说，黑色眼睛里神采奕奕。

夜幕降临，他邀我留宿，还准备了暖暖的热水沐浴。品尝着美味的水果，我们谈到夏日伏尔加河上的粼粼波光，谈到抹香鲸体内如何产出龙涎香，谈到辛劳旅途上的甜蜜邂逅。一声击掌声后，纱帘滑下，妙龄美女出现在眼前，天仙般的容貌我从未见过。她们依序吹笛、弹奏鲁特琴、击打指钹。她们弹琴跳舞。杯盏交错间，我和其中的一个女子颇为亲密。那个男人离开之前，给我指了指床榻。天亮的时候，女子已经离开了，只记得一个听起来像千年谷地的名字：萨拉里。

离开巴格达几天后，我让一个基督信徒帮忙翻译了目光深邃的男人给我的字条，他懂波斯语。他念道："巴格达黄昏时刻，我跟一个人说自己来自北部的寒冷地带……"

威廉·卢布鲁克（13世纪法国方济各会教士）

　　另有一些皮肤白皙的人在这片土地上。蒙古帝国宫廷的匈牙利侍者、纺织丝绸和发愿寻求爱情的俄罗斯人的女儿、从手相看出死亡的英国小伙子都曾跟我说过。因为我是方济各会的教士和路易斯的使者，所以他们允许我和帝国智者们讨论基督。

　　他们不知晓启迪亚伯拉罕的灵知，不是不明智，而是因为这里有太多的山川湖泊，太多穆罕默德的村庄将我们隔开。他们认为世上的一切都是假的，包括觉者释迦牟尼，听闻这一点，难免有些难过。他们用和平信念追求广漠草原的虚无。

他们听我讲罗马，讲圣经，讲奥古斯丁城，谈波爱修斯的慰藉。给他们讲到天堂、无尽的惩罚、三位一体学说的时候，他们总结说我找寻上帝的道路太过复杂。

接着，他们就保持着沉默，寻觅着暮色下哈拉和林商户的宁静。我也沉默不语，我知道说服他们是徒劳的。或许他们在寻找中能碰到真理。梦中疑惑包围着我。也许，十字架并非唯一的道路。

小贴士

威廉·卢布鲁克，法国国王圣路易身边的许多方济各会教士之一，1253年奉命以传教士身份前往蒙古传教，撰写《东方行记》。该书详细记述了其往返行程和所历各地山川湖泊、城郭以及蒙古、钦察阿兰、不里阿耳、畏兀儿、吐蕃、唐兀、契丹等各民族情况，对蒙古人的衣食住行、风俗、信仰、政治、军事等各方面情况记载得尤为详细，特别是着重报告了拔都斡耳朵、蒙哥汗廷及蒙古国都哈拉和林的情况，记载了见闻的许多重要事件和人物。

伊本·拔图塔（1304—约1377，阿拉伯旅行家）

　　尼罗河边上的一座座城市将我带到了上帝的居所。我想去大马士革，于是我去了。我想了解阿曼的领域，在我眼里阿曼的面容一直令人向往。然后便是马尔代夫，我曾在那里听到了神奇美妙，也听到了平淡无奇。于是，我对旅行的渴望便一发不可收拾。时空一下子超出了我日常的衡量。我开始日行千里，距离无法估量。我从土耳其村镇走到俄罗斯村庄。接下来就是中国，一个我没有任何概念的国度。旅行就是我不知道终点，却还想要继续走，想要找到尽头。但是，我只是一个简简单单的人，我需要回到出发点。回到丹吉尔，再去看看那第一缕阳光、第一片海，再用手指去摩擦最初的那几粒石头。

小贴士

　　伊本·拔图塔，世界公认的大旅行家，有史以来最伟大的旅行家之一，因发表记述旅行和远足见闻的作品而闻名。他的足迹几乎踏遍了所有伊斯兰国家，并远至北非、西非、西方的南欧和东欧以及东方的中东、印度次大陆、中亚、东南亚和中国，行程远远超越了其前辈以及略早期的马可·波罗。

一位朝圣者

圣地亚哥－德孔波斯特拉城已经不远了。人们停下休息，卸下路途的疲惫。或是凝望着火苗，就好像是第一次看，同时用红酒润湿干硬的面包。我是一个到处游走的乐人。我用笛声点亮客栈的寂寞。我会用曲子将死亡描写成一支醉迷的舞蹈。最后那个巫幻故事落下帷幕的时候，我的音乐是烟，是雾影，是月镜。我吹着乐曲，一个外族人出现在我们中间。他的身体像一柄弯刀，声音断断续续。他的眼睛是两团火焰，熊熊燃烧，永不熄灭。他说我们只需要用身体来面对欺骗、疾病和恐惧。他让我们背叛婚姻——这种唯一的愉悦可以通往天堂——或是在花前月下荒淫沉溺。他说脚下的路如此短暂；上面的路——手指星空——无法触及，和我们无关。神殿那头并不是圣徒的墓地，全是谎言，总而言之，只有悲伤。有的妇女用手画着十字架。异端的话语随着篝火点点消磨。这个人走了，连杯酒也没有喝。没人听见他脚步的回声，只有我的笛声伴着他离开。

弗拉·毛罗（15世纪威尼斯修士、地图学家）

我又一次擦掉线，又画了另一条。我标出了在威尼斯港口人们跟我提及的那些地方：只有单侧乳房妇女的国度、大黄种植地，其他一些海域、传统工业区。自从我开始规制地图以来，图面就不断扩大。我想要完成它，圆形的地图代表了地球。但是精益求精的要求让我痛苦无比。比德和托勒密的疑问让我无法入睡。细节就好像噩梦一样缠绕着我。这样下去就会没完没了，我怎样才能完成这幅图？但是，我还是尽量相信自己工作的进度。我重复对自己说：今天早上，无论如何我要画完。大海从工作间的窗户走进来，还有伸展胳膊的裸体女人的味道。我感谢造物者安宁的片刻，对工作进展还比较满意。但是有人用声音打破了宁静，声音从通往港口的大街传过来。有人在喊：弗拉·毛罗，瑟仁尼斯玛公司的大帆船刚刚到了！码头上好多人呀！带来了新的香料！还在讲很多大家不知道的遥远地方！

航海者恩里克（1394—1460，维塞乌公爵、航海家）

从城堡城墙上眺望你。在你的海滩上漫步。在你的广袤无际中感受自己的渺小。停止航行，我在内心感受你声音的速度。我脱下鞋子，慢慢地觉察到你在亲吻我。我退了回来，我害怕，这是邀请我陷入你的身体。我明白自己的航海经验很少，也没有写过作品去传授航海经验，去探索你的迷宫。在海岸那边，看不见深渊，看不见群山，看不见地狱。聆听你的海浪抓挠萨克雷斯夜晚的声音。解读传到我手上的绘制地图。拿出工具测量你的经纬。同神龛的修建者交谈，倾听他们的秘密。我意识到已经具备能力抵御你的眩晕，意识到水在我的梦里诞生、流淌，从你的口中再现。相信我这里会发现你的神秘。

小贴士

唐·阿方索·恩里克，因设立航海学校、奖励航海事业而被称为"航海者"。

亚美利哥·维斯普奇（1454—1512，意大利航海家）

　　我埋了十字旗帜，卸下罗盘。在我前面是两棵树，系在中间的某件东西把它们维系在一起。那是一床毯子做成的一张悬空床。一个女人在上面伸展胳膊。她一只手上满是蚂蚁，一个长舌头的动物舔着她的手。胸前很多蝴蝶，舞动着翅膀。石头串的项链长至双腿。裸露的肌肤散发出醉人的气息。我脱掉鞋帽，脱下披风。鹦鹉在她头上飞旋，伴着叫声消失。从她另一只手上，我尝试解读出手指传递出的信息。我靠近聆听她的声音，看着她身下延伸的茂密。我手画十字，探身触碰她。一簇湿润的草扎到我，兴奋不已。我尝试着按照自己的想法摆弄她。但她广阔无边，我无从捕捉。我顿时没了方向。我感到一阵愉悦，看到了博大与永恒。我感到害怕，在可触及的角落里，我的世界忽明忽暗，就此沉沦，思想化成碎片，最终沉浸在了寂默里。我随即哭泣，自她的情爱中喷出一团火焰，我无法扑灭。我无法再继续探寻，只能离开，筋疲力尽。我看着她躺在树间的床上，试图从远方解读她的奥秘。

小贴士

　　1501 年，亚美利哥·维斯普奇对南美洲东北部沿岸作了详细考察，首次详细描述"新大陆"，被视为美洲大陆的发现者，随后以他的名字命名这块大陆为"亚美利加"。

麦哲伦（约1480—1521，葡萄牙探险家）

　　地面最终还是圆的。困难的时候已经过去了。饥饿、太平洋上的干渴、路途中杳无人烟的渺茫。但是这个时候，船员们对于是否继续战斗有些摇摆不定。我反复对他们说在这个无足轻重的小岛上，这些异教徒敌不过我们的全副武装，千人抵不过一人。昔日，就连马努尔国王都没能阻止我。在马拉加不忠者身上碰到的失败，圣胡立安海湾叛乱者的背叛，还有我终究会消失的可怜命运，都不足以让一个土著国王的起义改变我的想法。我说服他们。我们下岸到珊瑚海滩的是40个人。于是，战斗发生了，没有任何顾忌。大概一个小时，叛乱就会被清除。土著人大喊大叫，如同被鞭笞的牲畜，东奔西窜。我们的武力开始占上风。他们一个又一个倒下去。突然，我感到倒下去一个又上来五个、十个、百个；千箭万石，固若金汤。疲惫乏力好像重锤敲击在我身上。我感到一条腿上一阵剧痛。我怒气冲冠，但是反击无果。于是我下令撤退，很多士兵听命仓皇退下。皮加菲塔还在我身边，但是海水却好像一摊油渍，没把我俩聚拢反而把我们冲散。箭刺破了我的脸。在万般不幸中，我扔弃了佩剑，手臂也麻木了，不能动弹。一瞬间，我感到一堆陌生的眼睛在看我，我觉得眩晕。大海无比湛蓝，渗透我全身。白天的阳光穿过手指变成碎片。我的另一条腿也被兵刃所伤。我已经遍体鳞伤。世界开始慢慢变黑，但是我不相信。

小贴士

探险家、航海家、殖民者，葡萄牙人。16世纪率领船队完成环航地球，麦哲伦在环球途中在菲律宾死于部落冲突。船上的水手在他死后继续向西航行，回到欧洲，并完成了人类首次环球航行。

胡安·庞塞·德莱昂（1474—1521，西班牙探险家、征服者）

　　我不找寻黄金，也不找寻通往摩鹿加的道路。胡椒、桂皮、生姜，没有一样让我感兴趣。我只想再一次回到原点，回到那个被无数选择惠顾却倍感困扰的时候。我不认为自己失去尊严，也不认为自己一无所有。受费尔南多·阿拉贡的委派，我在长尾猴栖居的树林下寻觅。我在比米尼岛生机勃勃的地表探索。一幅画面将我紧紧抓住。我，庞塞·德莱昂，巴伦西亚人，回到最初的时候，就好像初生幼崽般跃跃欲试。我不去理会手下人的死亡，也不理会时间，在这里时间根本无法计量。我继续前行，步履不停歇。今天看见鸟雀成群，叽叽喳喳；明天碰到一片雨林，犬头人居住其中。在我看来，这些景象都无关紧要。我要继续，我必须继续。任何地方都可能有泉水。我的脸映现在泉水里，既神奇又顺理成章。第一次，我笑了，笑得那么天真灿烂。

卡韦萨·德·巴卡（1490—1560，西班牙探险家、征服者）

　　神秘岛上节日就是生活的一切。饥饿与残酷也不能阻止节日的到来。天地万物都在疯狂地庆祝节日：沙粒、水滴、手里握住的空气。不知道疲乏为何物，或许那只是快乐过后的产物。睡眠不是休息，而是睡梦带来的幸福，绵绵不断。哭泣是高兴的表现，或是细小微弱或是天崩地裂。痛苦与仇恨埋葬在一起。在欢声笑语中，我想知道他们信仰中是否有一尊神会惩罚这样过度的欢庆。但是印第安姑娘却说这样的杂乱无章正是神灵一手操办。她让我看看那些星球，我看了。她毫无忌惮，大声欢笑。她回答我，这是星星的杰作。我垂下目光找寻她裸露的前胸，小小衣衫下的浅浅羞涩止住了我的目光。她们邀请我去跳舞。我想起了自己过往的女人们。在那个地方，遥远将我和西班牙分隔千里。我在皮肤里印下岁月的痕迹。我知道自己迷失了。但是我笑容以对。与印第安姑娘一起，我赤身裸体，沉沦在欢愉中。

冈萨罗·圭雷罗 (1470—1536，西班牙水手)

　　我曾经是西班牙人，现在我是印第安人。在乌鲁阿谷底战斗中为了自我防御，我重复地说着同样的话。我是西班牙人，我这么认为，然而我又禁不住会质疑。那里生活着我的兄弟姐妹，他们的马匹，他们的军队。他们说着和我一样的语言。他们的眼神里有帕洛斯小赌坊的昏暗灯光和我水手时期的大海。这里住着海难后接纳我的原住民。我跟他们学会了另一种语言。在这种语言里我有一种儿时牙牙学语的感觉。我在身上刺了纹身，头发留到齐肩，耳朵上穿了耳洞。我戴着长长的耳环，插着羽毛。我敬畏他们的神庙。我深爱着一个女人和她的三个孩子。孩子们和我一样，是印第安人，也是西班牙人。但是今天的战斗对手是阿隆索·德阿维拉，我必须做出抉择。查克特马尔对我们说，他需要我们加入，一同抵御外敌。他的声音很坚毅，抑扬顿挫，好像在翻唱一首古老的歌曲。有一方会战败，这一点他知道。他谈到我们的死亡，谈到他的尊严。我问自己在这最后时刻我为谁而战？当我启程奔赴战场时，答案就像一把尖锐石刀刺入我的胸膛：印第安人的生命也是我的生命。

巴托洛梅·德拉斯·卡萨斯

（1474—1566，西班牙多明我会教士）

为什么走进历史？我清清楚楚地知道那段恐怖。要知道我的双手肮脏。我曾渴望财富。我登上船，穿越大海，走遍各岛寻找黄金。然而，我只看到了一片狼藉。多少印第安人在霞光中身首异处，多少印第安女性遭人凌辱，多少印第安先知被火烧死，多少印第安孩子被大狗撕成碎片。是的，我曾加入这些罪恶行迹，我亲眼见证了这些。我不知道这样过了有多少年。12 年或是 15 年。不管怎样，在我的夜晚里，这些岁月将永无穷尽。但是，我已经反省过来了。某一天，我毕生中最重要的一天，我认识到了这一点。从那时起，我便和他们抗争。面对任何征服者、武器、解释屠杀的演说，我都会义无反顾地和他们抗争。你，知晓前文后情，你知道抗议已经从我开始，你知道其他人还会继续前行。

小贴士

巴托洛梅·德拉斯·卡萨斯，曾致力保护西班牙帝国治下的南北美洲印第安人，对虐害他们的西班牙殖民者竭力控诉。著有《西印度毁灭述略》，揭示西班牙殖民者种种暴行。

狄奥多·德·布里（1528—1598，荷兰版画家）

　　我有德拉斯·卡萨斯神父的书。我不在那里，那个他曾经生活的地方；我在这里，在法兰克福的工作室里。我决定把他写的描刻出来。第一幅画里，我画了一些人把礼物送给矗立十字架和旗帜的发现者。第二幅画里，我画的人听命于手铃的声音，身着新来者的服饰，在棕榈树下，在三艘帆船身后，面对刀刃。帆船上正在举办聚会——沉醉、铃铛、祭奠五头神的种子项链。一只凶猛的鸟盘踞在五头神的私密部位。在另一幅新版画里我描绘了幕幕自杀场景。印第安人在河边杀掉自己的孩子，在树上自缢而亡，纵身跳下深渊。随后，我又画了挥动粗棍杖的人和火烧无数蚂蚁的无名西班牙人。现在该轮到那个巴尔波阿和他的长官们了。我画了他们眼看大狗撕咬好几具印第安人的尸体。下一幅版画里，一个叫德·索特的人惩罚说谎的当地人，下令剁掉他们的手脚，当中有几个人反抗不从。另一幅版画里，一个白人被浸溺到水里以验证是否有永生；稍远一点，人们用弓箭袭击为数不多的几个教士。他们用绳子捆绑了另一个，给他融化的黄金以安抚他的饥渴。这些书很快就会离开工作室。我的敌人会说我是新教徒，我宣扬的内容和西班牙天主教徒背道而驰。或许真是如此。但是我也不会忘记自己描绘了一场毁灭的脆弱画面。

小贴士

多才多艺，身兼数职，是绘图员、版画制作师、金匠和出版商。他画的一幅《早期澳门全图》铜版画是具有代表性和象征意义的艺术品。作品描绘了澳门开埠时期的面貌，对了解澳门的早期发展具有重要的价值，曾经被西方的书籍和画册广泛引用和复制。但目前尚未找到确切资料证明狄奥多·德·布里到过澳门，有可能此图是他根据航海家提供的资料而绘制的。

奥劳斯·马格努斯（1490—1557，瑞典教士）

　　所有的信都融汇到了这封信里，它吸取了我岁月的精髓。我在里面放了两把剑和一个躲藏在满是蜜蜂的大树后面的国王。我放了一个掉落的水果，一家人的屠杀，隧道的入口和并不存在的出口。我还放了一个男人，在石板桌前画着宇宙。他在纸面上看着我，向我双眼形成的天空问问题。我答复他，他在那里是要利用时间，到无人的地域去走走，看着乌托邦随着恐惧成长。我坦诚地告诉他，我的这幅画，就像他的那幅画，是一个靠近真实的假象。

小贴士

　　奥劳斯·马格努斯，16世纪瑞典神学家，绘制北欧航海地图，著有《北地之民的历史》。这部书详尽介绍了北欧斯堪的纳维亚地区的地理、历史、风俗以及神话、自然等内容。

蒙田（1533—1592，法国思想家、作家）

父亲，你可记得斯皮耐琴的琴声漾开，就像城堡里弥漫的薄雾。童年的早晨你总要让人弹奏，让我能在美梦中醒来。你想让我远离痛苦折磨，远离大街上的喧嚣。所有人，包括佣人都用拉丁语跟我说话，而不是我们自己的语言——乡土气息的法语。一个人的幸福应该沉浸在理性之中，你是这样认为的。一切都是为了孩子好，或者这是正确的。然而，战争离家不过咫尺。父亲，死亡是唯一的真实。鲜血洒满街道，背叛与复仇充斥着城市。你告诉我的安宁国度里呈现出的是一片疯狂。还有恐惧，父亲，你从未告诉我有一种沉重的因果叫做恐惧。人们的世界是它统治的领地。多么希望你能看到我蔓延的惆怅。可是你已离世。而我只剩下我自己，还有这些书。我只能在书里找寻我，遇见自己。拿起笔把这些话写给你。

小贴士

米歇尔·德·蒙田，法国文艺复兴后期、16世纪人文主义思想家，作家，怀疑论者。主要作品有《蒙田意大利之旅》《蒙田随笔集》《热爱生命》。

安东尼奥·皮加费塔（1491—1534，意大利水手）

　　我记得樟脑，它的香味诠释着神秘的精髓。我记得异教徒高原上的大米，白白地散落在容器底部。我记得无尾鸟、巨脚人和那只像驴、像骆驼、像鹿又像马的动物。我记得那些沉默的树木，树叶落时，重叠飞舞。意大利最后的那个客栈，我记得那些印第安姑娘的肢体，身上的味道好似可可的香味。我否认虚空，我乞求生活是一个圆圈，就如同我们经历的冒险。从任意一个点开始，在任意一个点上又重新开始。但是苦闷让我无法喘息。我在生死间挣扎徘徊。我看着被日夜蚕食的墙面，而后慢慢地便给予我一次休憩。我看到圣卢卡尔港口，五艘船整装待发。船员们情绪高涨，将我团团包围。鸥鹄鸟在蓝天上翱翔，就像过去一样。钟声填满了空气。所有人在码头和甲板上抬起胳膊挥舞。风里夹带着暖暖的甜香。把我慢慢从万物中擦去的是旅行，而非死亡。

小贴士

　　安东尼奥·皮加费塔，文艺复兴时期欧洲探险家，麦哲伦环球航行幸存下来的 18 个人之一。他记载了这次航行，作品在 1524 年至 1525 年之间出版。

托马斯·多迪（1545—1578，英国探险家）

　　在弗朗西斯·德雷克邀我去船舱的时候我内心在颤抖。我戴着镣铐跟在他后面，消磨着自己最后的时光。我看见天边的船首斜桁和展开的船帆。人们看着我，我知道他们想要给我减少一点命运的沉重。我和他们当中的很多人谈过海上的生活，我鄙视在英国的掠夺和抢劫得来的财富。然而，这些都已经在这几天的混杂中消失。神父用不太熟练的拉丁语为我做祈祷。举手与我道别。一次，在他儿子冰冷的身体前我为他讲述普里阿摩斯的丧子之痛，我看见他脸上浮现出的痛苦。德雷克说他感到我在与他作对，在他的将士身旁，但也表明我依然是他们中的一员。他问我一个将死的人在想什么。船舱里忽明忽暗，顿时一片寂静。我感受到声音的转瞬即逝。我默默地、开心地揣度着这份静谧，在无声的边缘小憩。我回答说自己在阅读中总能发现惊奇。我的过去不是一道风景，过去的印象就像一根绳子拉紧并牵动着我的神经。现在我没有恐惧，有的只是困惑。德雷克做了一个无所谓的手势，其他人也一样。接着，他们就指控我策划暴动，子虚乌有。任何辩解都没有什么用处。我听到两个处决：就地正法或是放逐到南部的一个荒岛。他们给我解开了镣铐，递给我一杯威士忌。德雷克举杯向加封他爵位的女王致敬，他说我也可以庆祝。我举起酒杯，为强盗德雷克的罪行，为教会我航海的希腊人干杯，声音缓慢得只有我能听见。我身心放松，就好像在感受阵阵晚风。舱外是阳光和无边无际的海洋。在往甲板走的路上，我选择了在船上死去。德雷克，轻轻击了一下我的肩膀，同意了。

小贴士

　　弗朗西斯·德雷克（1540—1596），英国著名的私掠船船长、航海家，也是伊丽莎白时代的政治家。

049

瑟巴德·威尔德（1567—1603，荷兰航海者）

从帆船上我们看到一个女人和她的两个孩子。他们站在一个小山丘脚下，奋力想要逃跑。最终，我们用一只船把他们带到了大船上。他们没有一丝激动的神情。我们打量着那个女人，心中不禁萌生厌恶之情。她头发齐耳，皮肤泛红。身上的服饰，是一张海狗皮。她把肠线系在脖子上，遮住背部。她肚子鼓鼓的，大嘴巴，双腿弯曲，一对乳房让我们联想到遥远荷兰的奶牛。她不要我们提供的肉，而更喜欢小鸟。她用贝壳剖开鸟肚，掏出内脏留下肝脏，然后拿到火上烤。血液顺着嘴巴流淌下来，一直流到胸前。她用嘴撕开鸟的其他部分，孩子们和她的做法大体一样。这种吃法让周遭氛围一度凝固，我们相视而笑。吃完了，女人将身体蜷在一起，开始安静地欣赏海面的景色。这个时候，我们用彩色布料装扮小儿子。孩子戴着我们给他的玻璃项链扮怪，很是有意思。晚些时候，我们把妈妈和小儿子留在了一个海岸。她跺着脚，又哭又喊，直到从我们视线里消失。另一个孩子，一个四岁大的小女孩，我们带到了阿姆斯特丹。我们把她带给大学学者们看，我记得好像是那一年的年中。但是小姑娘不久就死了，在她身上也没有任何发现。

沃尔特·雷利（1552—1618，英国冒险家）

　　在卡拉帕纳国再往前一点的地方，经过瓦卡力玛山，你能看到无限绵延的塔库图地带。在那里你会看到一部分黄金。老托皮阿瓦力是这么说的。同时必须应对醒醒瓦人不友善的缄默，并祈祷能顺利通过，因为下雨，下很大的雨，帕帕内莫河地域的雨水聚积。在那些地区你也可以找到黄金。你可以一直走到鲁普努尼草原和莫诺力帕纳岛。这两处的黄金将任您调配。在卡罗尼瀑布下，卡斯帕戈托湖沿岸有一片柔软的黄色细沙滩。到了卡欧拉河，河面收窄，就像妇女的细腰，埃瓦帕诺玛人就居住在那里，这些人没什么头脑，黄金会晃瞎你的双眼。还有阿内巴人的领地和帕力诺、卡瑞库瑞那地区，你别忘了。那里也蕴藏了很多黄金。托皮阿瓦力还想继续前进，但是雷利的手在空中晃了晃，搔挠着脑袋，那些名字和叮咬皮肤的蚊子让他觉得头昏脑涨。他对我说，让他停下来，问问他知不知道玛诺阿城。老者惊呼一声。他吐了一口唾沫说，金片做的衣服让人叹为观止。他谈及房顶和街巷的金黄色时更是啧啧不已，还有国王赤裸身体往身上涂金的盛典。但是他说要到玛诺阿城必须绕着雅普拉河，顺着白蝴蝶飞舞的方向向前走；越过阿萨帕纳，奥卡依维塔，德玛拉拉地区，然后继续往前，一直走到塞玛大平原入口处。我翻译的时候，雷利很生气。他说自己已经去过这些地方，根本什么都没有。托皮阿瓦力静静地听着，说那就需要再折回去；和人说话时要小心一些，找到最佳路径，弄清楚阿萨帕纳是不是那个阿萨帕纳，奥卡依维塔是不是那个奥卡依维塔，德玛拉拉是不是那个德玛拉拉。雷利大声喊道：名字！问他识路人的名字。但是老者告诉我从来没有人在这个时候到过玛诺阿，季节不合时宜，河床都涨水了。再说 50 个人也不足以让黄金城的国王俯首称臣。雷利不耐烦了。在原地转圈，嘴里念念有词。他相信镀金王肯定是存在的，千难万险他也能找得到。过了一会儿，他的情绪平息了下来，让我管老者要那些人的名字，老者一一告诉了他，雷利都记录到了日记本上。他停顿了一下说，如果这些名字是老者杜撰的，那他一定不会轻饶他。我原话翻译。老者耸了耸肩说，等到雷利返回的时候，他说不定都不在世间了。然后笑了笑。他又唾了一口痰，第二口，第三口。他的身体也随之抖动，枯瘦又黝黑。

小贴士

沃尔特·雷利，英国伊丽莎白时期著名的冒险家，是英国文艺复兴时期一位多产的学者。他是政客、军人，同时是一位诗人、科学爱好者。在听到有关黄金国的传说后，他便于1595年率领一支探险队前往新大陆寻找黄金，后来发现了今南美洲圭亚那地区。

一个荷兰水手

　　明天我们要出发去另一个未探知的目的地：在冰封的大洋里找寻通往卡塔伊的路线。那时我会看着阿姆斯特丹的一切远去。在乘风破浪中，面容、谈话、过往岁月的颜色都将随同海鸥一并翱翔。可能不会再相逢，今夜，你我一次又一次肌肤相亲的这个夜晚，将是最后的一夜。你要知道，你银杏般的双眼和雪白肌肤的光泽将会在寒冷地带滋润我的记忆。如果我回不来，如果你肚子里的孩子将来问起我，你就告诉他，我还在找寻回家的路，我会想方设法地回来。

伽利略 （1564—1642，意大利数学家、物理学家、天文学家）

　　透过镜片天空近在咫尺，距离我的双眼仅一步之遥。距离就是消散的时空。我没有船只，没有利剑，没有祷词。没有战争，我穿越了地球的界限。我安静地欣赏着月球上的山谷。独处的月亮，尽览无余。

小贴士

　　伽利略·伽利雷，科学革命的先驱，发明了摆钟、温度计和天文望远镜，在科学上为人类做出过巨大贡献，是近代实验科学的奠基人之一。

一个奴隶

　　我戴着镣铐。神灵还未死亡，却很孤独。我的周边，尽是仇恨。我是世界的根系。黑夜里反射出烈火的目光。我的双手造出装卸的弹匣，准备好出逃。我被囚禁在船舱底层，奋起抗争将不可避免。

《鲁滨孙漂流记》

　　海洋或是陆地。荒无人烟的小岛或是人口密集的伦敦。听我的声音或是听"星期五"的不同声音。我或是待在纽约家里，和父母一起，或是经历这次不明智的冒险。在这里几年的孤独或是在那里，独自一人，一分钟的爱情分享。此时此刻，即人们前来救我的这一刻，我在颤抖，我害怕，我什么也不知道。

洪堡（1769—1859，德国科学家）

　　我触碰这棵树。矗立在大平原上的树，就好像一个孤单的人。我将自己的声音融入树枝与风交织成的嗓音中。我触碰它的树干，从抽出枝条那天就开始探向未来。我用手指抚摸岁月在树叶上留下的线条。精辟的话语在我身体里翻转，在我血液里蔓延。我屏住呼吸，我看着它。我知道一旦说出它的名字，我便会拥有它植物般融会贯通的属性。其他人都说过了。但我一旦说了，我和它将会永远同根生长。我一只手拉着自己，另一只手触碰它。接着我说：雨（豆）树。

小贴士

　　亚历山大·冯·洪堡，德国地理学家、博物学家，是19世纪科学界中最杰出的人物之一，与李特尔同为近代地理学的主要创建人，走遍了西欧、北亚和南北美洲国家。

叔本华（1788—1860，德国哲学家）

　　波尔多酒是由快乐的乐章勾兑酿造成的。我吸一口气，全身满是午后的气息。疯癫向微笑的城市挪动，行为毫无节制。我的母亲，以各类聚会为友，已经去了另一个地方。我们曾一起完成了她崇拜的城堡欧洲之旅，在我看来其实那些城堡不过是早已逝去的石头。她同人打牌玩乐消磨时间，忘记辛劳工作。妈妈和那些男人们在深渊边缘上左摇右摆地舞动，他们却不知道。她在巴黎看到了最古老的桥，罗浮宫的外立面，修剪过的园林，满脸兴致勃勃；而我却孤寂地在塞纳河水里沉沦。然后，就在今晚，我的母亲突然丢下我一个人。趁她不在的时候，我将自己融进这般嘈杂，仿佛一个隐藏的真实在呼喊我。幽灵冲着我微笑，仙女许诺我永生，半兽人和半人马在我身边跳舞，一位公主告诉我她比任何人都要爱我。不知道度过了多长时间。一道灰色光线出现在我们中间。波尔多酒没了。沉醉睡着了。一只狗、一个巫师、一个杂耍演员，精疲力竭，一同在角落里小便。随后还看看我。时间回到它沉重的节奏上。我承认存在就好像摆锤一样在烦扰和痛苦之间摇摆。这种认同让我痛苦，就如同这场骗局让我痛苦一样，一直到生命的最后一刻。

卡尔达斯（1768—1816，哥伦比亚科学家、军事工程师）

被囚禁的这一晚，我很恐惧。尽管在一个间隙中透出一个问题，让我感到一丝光亮。卡尔达斯，在消磨等待的这几分钟里你还想努力做点什么？无法满足的好奇？不知名目的植物？分布在新格拉纳达的山丘？你在图纸上绘制的马格达莱纳河？普拉塞火山上刮起的风？从基多客栈里望见的星空？用你收集到陶罐里的波帕岩城的蒙蒙细雨验证雨水是否会蒸发？在这场糟糕的革命浩劫中，一切都不复存在了。外面只有军队的喧闹声、即将宣读的判决、嘈杂人群和我即将坠下的高墙。微光出现后又消失在金属牢门间。外面一切都已经准备好了，包括时间和历史。就差我了，一个拒绝死亡的人。

玻利瓦尔（1783—1830，委内瑞拉革命家、政治家）

　　玻利瓦尔将军离开军队，眼里满是惆怅。望着皮斯巴的景色，心里想着该如何把战争的含义告诉这些可怜的士兵们。如何告诉他们，虽然遭遇死亡，但是终会取得独立。怎么告诉这些饥寒交迫的人胜利之后的危险。如何告诉他们希望永远都不会消失，因为我们这些病态追逐权力的人，永远要对他们的死亡负责。

小贴士

　　西蒙·玻利瓦尔，19世纪解放南美大陆的英雄人物，美洲独立战争先驱，先后领导军队从西班牙殖民统治中解放了玻利维亚、哥伦比亚、厄瓜多尔、秘鲁和委内瑞拉，被称为"美洲解放者""委内瑞拉国父"，其独立思想影响至今。

约翰·富兰克林（1786—1847，英国船长、探险家）

我们一个接着一个走在路上，盲从地跟着无处不在的白光，那是另一个地狱的光焰。要么双脚死死跟着前一个人的轨迹，要么沿着自己绕圈的轨迹，来回转了好几米。有人说：现在已经4月份了。然而我们所有人都知道时间已经不存在了。多久以前我们开始需要找寻亚美大陆之间的道路？约翰·富兰克林又是在何年何月停止了呼吸？"幽冥号"的船体在哪里？"恐怖号"的帆布又在哪里？在这里，时间是残酷上帝永久呼吸中的一个暂停。我们没有把富兰克林埋葬在任何地方，我们在一片混乱中起誓，但是没有人听。鸟儿没有听，因为这片土地上已经没有了飞行物；水流没有听，因为世界已经冰冻；就连我们自己，富兰克林的船员也没有听，因为我们已经失去了声音和其他一切特征。船长没有死。他依然在指引我们向深渊航行。

小贴士

约翰·富兰克林，1845年带领129人乘"恐怖号"和"幽冥号"两艘探险船前往北极搜索北方航道，但不幸的是，这两艘船在1846年9月神秘失踪。

陀思妥耶夫斯基（1821—1881，俄国作家）

首战告捷已经过去了。摒弃白色的黑夜。信件试着在简陋小屋中寻觅自己的位置。印烙在记忆里的是遥相矗立的穹顶，我眼前的兜帽和因一道神圣命令而卸下的枪支。此刻剩下的只有寒冷，如同一把仇恨的尖刀穿过西伯利亚。铺洒在监牢里的灯光、过错、赎罪。我还在，在恐怖幸福的庇护下依然存活。

小贴士

陀思妥耶夫斯基的小说戏剧性强，情节发展快，接踵而至的灾难性事件往往伴随着复杂激烈的心理斗争和痛苦的精神危机，以此揭露出资产阶级关系的纷繁复杂、矛盾重重和深刻的悲剧性，代表作有《被侮辱和被损害的》《罪与罚》《白痴》《群魔》《卡拉马佐夫兄弟》等。

克雷沃（1847—1882，法国海军军医、探险家）

　　我要去迷宫深处。在哥特式的纵横交错中我小心又谨慎。我沿着迷宫的路前行，赤裸双脚。我化身成植物长廊里的神话。潮湿的夜晚，带着交欢与掠夺的气息，我触摸脉搏。你的律动盖过了它微弱的跳动。雨林。万物之母，无边无际。我无比兴奋。这是我本能的反应。

热维斯·考特勒蒙特（1863—1931，法国摄影师）

要在麦加地区锻造一把匕首，需要经过无数天的饥渴和无数个山丘的蜃景。为了赋予这张薄片光泽，需要你的眼眸，在上帝眨眼的漫长瞬间，装下一片大海。如果你想要锋利的刀刃，你需要站在一座圣城的阳台上静静裁下繁星，呼吸着晨曦的风，远离暂时的桎梏。要想匕首完成其宿命，你需要不停地祷告，脱离当下。这样，你就有了这件武器，别在腰间，藏在披风下，装在羊毛套里。在你拔刀的时候，它锋利无比，直对太阳。你若将它幻化，不用熔化成他物，寻找光亮无关紧要，变成你自己就好，这是遇见万物的最佳途径。你不用想着用黄金白银来铸造。你的匕首可以用水做，用气化，即便是回忆或是梦想也可以锻造成匕首。

达尔文（1809—1882，英国生物学家、进化论的奠基人）

　　水，石头，树木，船只，横渡，眩晕，祷告，蜡烛，我的手和羽毛，梦，港口，水手，酒馆，月亮，书和我的眼睛，海滩，厄瓜多尔，寻觅，清晨，太阳，云，岛，植物，昆虫，鸟，生存，死亡，星星，夜晚，宁静，伦敦，教堂，一只乌龟，安宁，蠼蜥，遥远，未来，猿猴，恐惧，时间，上帝，空虚，我。

小贴士

　　查尔斯·达尔文，《物种起源》的作者，提出了生物进化论学说，他的理论对人类学、心理学、哲学的发展都有不容忽视的影响。

梅尔维尔（1819—1891，美国作家）

　　鲸鱼和写作为我指引方向，但是它们是我迷失的地域。要是我想要爬上后桅的柱杆，我就会爬；只有不确知的海水才是找寻到的答案。或许能看到陆地，远远的一条线。但是它的领土通向何方，刚刚建立的又是怎样一个期待的国度。我会待在这里，没有指南针，找寻最后一把渔叉的轨迹，找寻疯狂的秘密和大海的寂默。

小贴士

　　赫尔曼·梅尔维尔，19世纪美国最伟大的小说家、散文家和诗人之一。在20世纪20年代被普遍认为是美国文学的巅峰人物之一。英国作家毛姆认为他的《白鲸》是世界十大文学名著之一。

雅各伯·温赖特（利文斯通助手）

利文斯通，你还记得我吗？我是你的旅行队里唯一会写作的人。在我们发现你已经死亡的时候，是我整理了你的遗物。记事本、几封信、手表、几件衣服、武器、《圣经》、一支温度计。你别担心，所有东西我都给你带着，我们抬着你走了近一年。很快我们就要分开了。我借用几分钟时间和你说说话。我知道你会指责我们没有把你埋葬在那里。我和你的两个仆人朱马、苏西，我们没有遵照你的意愿，而是决定把你带到桑给巴尔海岸，然后把你运回伦敦。于是，我们就这样做了。在你探险的这几年里，我们一直都听从你的安排。同意你的一切决定。你想要找河流的源头、测量湖泊的面积、深入到坦噶尼喀地区的最深处。在你虚弱的时候，我们用肩膀架着你在大水淹没的地面行走，水面涨到腰部，腿脚感觉被蚂蟥蜇咬。后来你不能走路了，我们给你做了一个担架，协力抬着你走。死亡对于你被痢疾折磨的身体来说或许是个幸运的选择。但你顽强地活着。你还想再发现什么？河流、平原、湖泊，我们都已经认识了，而你，惊奇地看着它们，还给它们起了名字。你管卢阿拉巴叫维普，称赞贝泽的源头为帕默斯顿之源，称奇博戈为林肯。然后死亡即至，因为时候也到了，我们实在不希望你再痛苦下去。我们给你清洗了身体，清空内脏，再填上盐。我们用茴香酒给你清洗口腔和头发。再用细棉条把你包裹起来。用涂了焦油的米由加树皮给你做成棺椁。接着就该筛选村庄了。我们需要应对很多人的迷信与惧怕。我们告诉他们抬的是一箱原料，而不是尸体。有时候被他们发现了，我们甚至要假装把你埋葬，之后才能拿到地域通过文书。你是否知道我们在往桑给巴尔的路上碰到了多少这样的地方吗？你是否知道当他们经过闻到我们运送东西的气味时给我们做的手势吗？你是否看到了姑娘们呕吐，孩子们趴在母亲背上哭泣？你是否看到了鸟儿飞离树梢？但是，你活着的时候我们照顾你，你过世后我们更是翻倍地看护你。利文斯通，没有人碰过你。没有人敢看你防腐后的尸身。在库依阿拉，你的朋友卡梅隆建议我们把你下葬。他说你希望在非洲土地上变成一具化石，在一个你希望的坟墓里。我们再一次拒绝了。我们要把你带回伦敦。我，雅各伯·温赖特，同时也代表其他人，代表朱马和苏西，我做到了。现在你终于回到了你的祖国。等待你的只是一块铜牌和威斯敏斯特修道院兄弟姐妹的赞扬。而在那里，满是鲜花和珍珠的广袤土地上却一片安寂。非洲的墓冢，没有镌刻名字的坟墓，但是，利文斯通，那不该是你的归宿。

小贴士

　　大卫·利文斯通（1813—1873），苏格兰医生兼传教士，将自己的一生奉献给了非洲中部的探险事业。

奥茨（1880—1912，英国南极探险家）

拥抱在麦克默多海峡等待的朋友会是一件多么美妙的事情。回到伦敦，谈论南极和那些漫漫长夜。然后再看看这张照片，看看这寒冷的心脏——已被人类征服的90度。看看照片里面的我们：孤寂冰川里的五颗灯芯。斯科特，你记得吧，那是两个月前。如果我们没有发现阿蒙森的书信，那么这一张照片本该是胜利的照片。他在信里对你说：亲爱的斯科特同志，我已在你之前到达。但这并不重要，无论怎样，我们都是首批到达的人。探险伊始，你就谈及死亡。那个时候，死亡离我们还很遥远，但是现在，近在咫尺。60多天来大家一直试图回到麦克默多，和气温作斗争，对抗呼啸不停的凛冽寒风。首先走的是埃文斯，我们五人中最有耐力的人：突如其来的虚弱、行动迟缓、跌落、消失在冰雪里的身体。现在又是我来耽误行走的进度了。斯科特，你还在睡觉，威尔逊和鲍尔斯在你身边。他们会陪伴你直到终点，我知道，终点并非这耀眼的无尽白色。我还知道在记忆中的这次旅行中将会永远是我们五个人。但是我要走了。我的双腿已经被坏疽吞噬。飓风大声地叫喊着我的名字。你不要担心，你要明白没有绝对的终点。目标只是永远保持安静者的捏造。只有寻找存在，在不松懈的监视下一些发现都会瓦解。斯科特，不要忘了我，你的奥茨队长，明天他就 32 岁了。

小贴士

奥茨，曾与爱德华·威尔逊、亨利·鲍尔斯和埃德加·埃文斯、罗伯特·福尔肯·斯科特一起到达南极极点。

一个犹太人

　　女人的眼神里有平原和骏马，骏马奔驰的方向和这趟锈迹斑斑火车前进的方向不同。她站在通风口旁边，伸手在铁丝缝隙间寻觅着轻松窜出的一丝空气。她知道恐怖已经降临到我们身上。我们又一次被野蛮烙上了印记，就如同我们的先辈在戈雷所遭遇的那样。但是，今天，我再对自己说一遍，一切都是梦：眼里看到的景色、女人、开往特雷布林卡的火车和我的不相信。这次死亡之旅好像阳光和雨露一样让人期待，正如某人在我跟前说的一句话：今天是礼拜六。

斯蒂芬·茨威格（1881—1942，奥地利作家）

没有逃亡。和平欧洲和智慧已经失败。另一些人需要经受流亡。某一天他们可以看到战争留下的伤疤。他们试图再次相信文明，而我已不再相信。我在布鲁哈斯街道的脚步，托尔斯泰的房子，对歌德的信任，世纪初期的岁月都消失在了文字和图片里。已经不可能回去了。只剩下一些我写好的要给朋友的信。但是里面并没有讲述我的不幸。因为那是发生在海的另一端，在杀戮战场。在这里，佩特罗波利斯，我孤单一人，与羞耻为伴。我还算不上是绝望的人，因为那时我或许还想生存。不，自杀只是我痛苦的面具，它和光明与勇气毫无关系。就在我吞下安眠药的那一刻，我彻底没有任何信仰。

小贴士

斯蒂芬·茨威格，奥地利小说家、诗人、剧作家、传记作家。代表作有短篇小说《象棋的故事》《一个陌生女人的来信》，长篇小说《心灵的焦灼》，回忆录《昨日的世界》，传记《三位大师》和《一个政治性人物的肖像》。

罗伯特·卡帕（1913—1954，匈牙利战地记者）

在太平省的路上，一个小女孩儿中弹倒在水渠边。不远处，一个男人撑着伞，躲避烈日。他肤质剔透，步伐缓慢，白色衣衫，这让他和我描述的战争相距甚远。但是，现在我离开道路，将镜头转向大兵们。空中鲜花的香味把我带回到布达佩斯。鸟儿的羽翼再一次带来你的头发。有那么一秒钟阳光那么舒适，就像你的小腹。格尔达，我的姑娘，我一直深爱着你。死亡仅仅是我准备跨越的一条线而已。

小贴士

> 罗伯特·卡帕，20世纪最著名的战地摄影记者之一，也是有史以来最有名的战地记者，他的摄影生涯就如同赌命一样，在二次世界大战期间的各个战区——西班牙内战、日本侵华、北亚战争、意大利战争、诺曼底登陆战、法国解放战的枪林弹雨中，用血肉之躯去换取莱卡相机里的一格格底片。

爱德华·霍普（1882—1967，美国绘画大师）

那个男人看着黑夜，凝望星空；那个男人看着时间，望着虚空；他在宁静中看着自己，看着自己出发。那个男人看着过去的故事、未来的故事和现在正在发生的事。一线墨色卧在窗上，那个男人望着一条没有终点的道路。他瘦得就像一根线条，看不见脸，那个男人就是我。

巴黎移民

　　我从南面来。几个月来我一直从事一些地下工作：在临时货摊卖花生；敲各种各样的鼓讨钱。我也在空气污浊的人群聚集地兜售大麻，日子过得很混乱。但如今我来到了巴贝斯车站，我在隧道间穿梭。斯里兰卡男人在反光铁板上烤着栗子。还有尼日利亚幻术师的飞轮。一个声音喊着过时书籍中的信条。我来这里是因为梦里一个女人总是在巴贝斯车站等着我，在嘈杂的巴贝斯车站。发条娃娃发出的串串声音在空中回荡。寥寥几枚银币落在唱歌的两个罗马尼亚小姑娘面前。当我在人群繁杂中发现一个女人，一种类似高兴的东西触及我。她的眼睛就像晃动在我梦里的那双眼睛一样。一群卖表的商贩将我们分开。但突然间，只需要一个信号。所有人手忙脚乱地收起了买卖。响动不断加剧，最终留下空荡荡的巷子。之前摆设吃喝摊位的地方，现在是一组组警察，他们神情惊讶，确认自己是在巴贝斯火车站，一个安静的火车站。一位老奶奶递给孩子一颗枣，还跟我打招呼。在之前烤栗子的地方，有个人在读报。等待火车的间歇，两个青年人在接吻。我明白自己需要重新寻找。

直布罗陀移民

我记忆满满：被丢弃的阿尔及尔繁杂的街道；蓄水池饥渴胆小，形如耻骨的出口；茶叶的味道。突然，大海咆哮。领头人用听不懂的语言抱怨着。我们没有一个人睡觉。好多人低声诵读《古兰经》的开端章和经文。我们是一撮担惊受怕的人，呼吸难以给彼此提供足够的热度。多希望这是一次回家之旅，回归祖国，回归童年。然而，我们避开恐惧，将要流亡。呕吐接踵而至。在领头人扔给我们尼龙布时，我不知道还需要在无尽波涛中颠簸多久。我们盖在身上，期盼等待。海岸上探照灯好几次照射到我们身上。随后，我们艰难地在西班牙海水里行走。前方，军队、手电筒、警犬等待我们。我们身后，领头人孤独沉浸在大海里。

小贴士

　　"开端章"为《古兰经》首章的篇名。阿拉伯语音译，意为"开端"。因此章被列入全经之卷首，起"开宗明义"的作用，故以此为章名。

莱昂

　　我与莱昂一起沿着史前山丘走下来，菊石露出头来——那些脆弱的尘埃海绵。莱瓦镇还在殖民时期的屋檐下和常春藤中熟睡，他告诉我，这里以前是一片汪洋大海，如今石化的鳍鱼在与现在的访客交谈。在某个瞬间，莱昂向我伸出手。随后我们穿过一片隐蔽的油橄榄树，树叶舒展光亮，枝叶光影交错，梦幻一般。他说，你坐下休息一下。莱昂，相貌粗陋，就像一幅涂鸦作品。他像白纸一样充满幻想，做派却又好像褶皱记事本一样古旧。我看见他手里积攒的细小皮癣。在支离的细节与整体面前，我感到害怕。莱昂沉默不语。但他眼睛宽广深邃，却是一个信号。没有进入厄运森林的警示，没有天堂前厅，没有边界，也没有乌托邦。我从地上拿起阳伞，抖了抖。我看着我的眼睛，他们也在看着我。一个怪物或是一个屈服的神灵。我开始走出自己。

忒修斯（传说中的雅典国王）

以前我一直守着护身符。房间里藏着的女人。计划实施的秘密。我试图从恐惧中逃脱。如今我仍在尝试，但是迷茫让我不知所措。我在无面容的人群中穿梭。我在转角处踢到堆积的垃圾，阻碍我继续前行。高耸的建筑飘浮在污浊的空气中。一根线，好像一缕光，在我记忆里划过。虽然我并没有在身后找到。没有一点痕迹，只是一块失忆的水泥。突然间，我走进一条巷子。正面野兽的期望与兴奋让我肠胃翻滚。面对可能的战斗我全身雀跃。在战斗中牺牲。为拯救他人而战。尽管有意寻求，但我没有碰到任何的争执。我冲着没有星球的天空大吼。我咒骂逝去的神灵。我诉求这只动物是我疯狂的想法。我口吐泡沫。当我知道探索深处没有任何人的时候，我内心狂乱成一团麻。没有女人，没有牛头人，没有神圣企图。就连我曾经的那个遥远战士也不在。只有我在。一个在外界改装换束的人，在纽约孤寂的街巷里。

阿隆索·吉哈诺（小说人物）

　　这里不是城堡地带，也不是我的声音和刀剑宣称的领地。村里的姑娘已经不存在。我听不见身后持盾侍从的忠诚话语。这里有的是辆自行车，在缺乏烈焰的阳光下。就是这么说的，一个男人这么告诉我们的。他把手伸进奇怪的衣服里，他重复了一遍，心不在焉，这是一辆自行车。他继续向前，不问我们的去处，看也不看我们。这样最好。否则我也没有话应答他。弱小的光线有些扰人。我对驽骍难得说继续走。我们就好像一颗流星，影子消失在夜色中。

小贴士

　　米格尔·德·塞万提斯·萨维德拉（1547—1616）撰写的《堂吉诃德》是欧洲最早的长篇现实主义小说之一，是国际声望最高、影响最大的西班牙文学巨著。作品全名《拉曼恰的机敏堂吉诃德传》，于1605年和1615年分两部分出版。全书讲述一位穷乡绅阿隆索·吉哈诺自封为"堂吉诃德·德·拉曼恰"，渴望实现自己荒诞不经的骑士梦，于是带着自己的老马驽骍难得到处冒险，结果丑态百出，令人捧腹，最后败归故里，临终前才幡然醒悟。

格列佛（小说人物）

若是你能知道瞄准神灵心脏的无形炮弹，不需引爆，不用燃烧，安安静静就能将期待与祈祷撕成碎片。若是你能想象电脑键盘在星星呼吸时刻就能引发的事情。如若你能想象到导弹自造的白雾。那么你那些飞越要塞吓住了布罗卜丁奈格大人国的国王的铅弹，现在看来就有些可笑了。但是，现在说上千遍万遍，你还是不知道什么是电脑，什么是导弹。你不曾知道广岛曙光至今仍会在眼前浮现，已在我们的时代里刻下烙印。你曾和马说话，与它们一同哭泣。你却未曾见过毒气室、冰原和屠杀场。你也未曾听过直升机携带固态汽油在越南村庄扫荡。你没有见过切尔诺贝利地区的孩子，也没有见过残缺不全的鱼儿在太平洋海水里游摆。但你别讲这些事。那只是布罗卜丁奈格国王听到的一些悲伤故事。你不要哭泣，小人山。你说旅行故事时，讲有人在童年遭遇海难，这样好一点。

小贴士

《格列佛游记》是爱尔兰牧师、政治家、作家乔纳森·斯威夫特以笔名执笔的匿名小说，1726年首次出版，1735年完全版面世。作者假借虚构人物外科医师莱缪尔·格列佛的一系列神奇的旅行经历，讽刺了当时的社会。

波斯尼亚人

　　莫斯塔尔，你的尘土侵扰着地平线。鸟儿在逝者的山冈上盘旋。莫斯塔尔，你的街巷不时将原理诠释得更为完美，我在其中了解到宇宙的定义。或许最混乱的也最激烈。告诉我怎样在你的废墟里找到从前那个沙土气息的女子。莫斯塔尔，你重建家园，你让源泉流淌。你再次升起生活的梦想，尽管再次享受的人不再是我。

小贴士

　　莫斯塔尔为波斯尼亚和黑塞哥维那南部城市。在内雷特瓦河畔，东北距萨拉热窝约80公里。建于15世纪。洋溢着浓郁的奥斯曼帝国时代情调。

宇航员

　　我看见了陆地。它在太空里飘浮。在混沌无尽的光芒中上帝的确存在。只是他没和我在一起。

第二篇

线　条

献给萨拉·蒙托亚

看见即是想象。

——劳伦斯·达雷尔

拉斯科

　　水滴落下来。无知无觉。宇宙的瞬间在洞穴缝隙中流逝。呼吸标志着每一次的震动。雷、风、天上的石头。流淌的母亲河。歌唱着啄食腐肉的飞鸟。滴水间的人类。过往脚步。窸窣细声。符号印记。在一场无边无际的梦里栖息着牛、马、角类动物。滴水间手掌挥动。手掌向往着未来。一无所知地创造将来。滴水间的我们。毫无畏惧的双眼。火焰依然在燃烧。烟起无色。

洞穴

小贴士

　　拉斯科洞窟位于法国多尔多涅省蒙尼克镇附近，洞里的动物壁画是人类美术史上最早的绘画记录，距今已有 15000 年。

圣克鲁斯

我们用手捕捉鸟儿。我们用手剥去鱼鳞。我们剥掉羊驼的皮毛用来遮盖自己的肌肤。

我们用手收集谷物、植物根茎和水果，放在嘴里品味甜美。

我们用手凿刻火石、大理石和玄武岩，雕琢成我们仰慕的盾牌，于是战争无休无止。

当乐鼓敲响，芦苇在孤月下轻荡，我们用双手握住晚风。

我们用手创造出火。依靠着阴影，我们在石壁上印现出双手的舞动。

手洞
......

小贴士

平图拉斯河手洞位于阿根廷圣克鲁斯省西北方。洞穴为东北朝向，洞内两侧有巨大的侧壁。在洞壁上有大量手印。

克诺索斯

　　线条间彼此不会越界。即便没有终点，是边界还是延续，总能体现出来。河流、云彩、居所，是手与星空间的部分。星空，是感触不到的宇宙。线条事先勾勒出了沙漠、山脉、大海。无穷无尽的空旷与障碍。线条试图筛选，试图自由延展。但在此之前它需要折叠，在中间点找出另一条路线。于是它变成水圈、蜗牛壳、魔怪追逐与被追逐的迷宫和后半夜音乐响起时的睡梦。于是，微风轻抚，线条在瓶器上描绘出手臂。瓶里盛有爽口的液体。我喝了。无形的线条将我们分开又将我们聚拢，我借线条将液体敬奉神灵。然后，在你的唇上，我将它轻轻晕开。

　　瓶

小贴士

　　克诺索斯，位于希腊半岛南边的克里特岛上的一座米诺斯文明遗迹。被认为是传说中米诺斯王的王宫。

底比斯

我画了露珠、河水和海洋。我画了泥土、沙粒和石头。我画了繁星、太阳和月亮。我画了窥探的金钱豹、逃跑的野兔、重负的骆驼、公牛和犁耙、狗和驴，还有高歌的鹤。我在绘画里运用了红色、绿色、蓝色、黄色、黑色和白色，我画了人物服饰和裸体。我画丰收和灾害。我画祈福。我不停地画祈福。还有快乐，短暂的快乐。我画了自己的容貌，也是一个民族周而复始不断复制的容貌。我画了初生和经历数世以后走向死亡的旅程。是的，时间的流逝，我也画了出来。我没有名字。也或许曾经有过。如果我有一个名字，如今也很难读出。但是，如果想听，你就走下台阶；穿过走廊和门；进入到墓穴里；点上火把；看看那些墙面。

墓穴

小贴士

底比斯，埃及中王国时期和新王国时期的首都，卡纳克（Karnak）和卢克索（Luxor）的寺庙和宫殿，以及埃及法老和皇后的墓地，也是埃及崇拜太阳神阿蒙的中心地区。底比斯古代墓穴内有很多壁画。壁画的题材极其广泛。我们通过壁画能够了解公元前2000年左右古埃及法老与显贵们的生活方式。

帕拉卡斯

　　我呼吸着来自海岸的空气，开始编织毛毯。图形一个个显现出来。然后，我便搁下针。开始交谈、喝酒、跳舞。同别人一起，直到酣畅淋漓，精疲力竭。我的双手编织出房子。房子就是人类。人类变成神灵。神灵便是丝线下的蛇、美洲豹和长尾猴。我完成毛毯的那个早上，阳光普照大地。信使到了。他们穿越过高山、雨林与河流。他们目睹了山林里村民的生生死死，所以看起来很疲惫。休息好了以后，他们起身跟着我。他们看到我栩栩如生的作品，口中啧啧赞叹，还讨论着动物代表的含义。面对我无懈可击的嵌入技法，他们肃然起敬。他们问我如何才能让枝条的颜色更加持久，我做了回答。然后，我们一起卷好织毯，先用一条羊毛毯包裹好，再把织毯绑到羊驼背上。我目送信使离开，直到他们消失在地平线上，夜晚即将吞噬的那条地平线。黑暗、尽头随即映入我的双眼。夜晚，繁星点点，将我包裹其中，却未触碰我。织毯也会像这样将人包裹在死亡里。

织毯

小贴士

秘鲁纺织业的传统可追溯到前印加时期，从那时起，秘鲁的纺织产品就以其名贵的纺线和良好的制作质量而著称于世。帕拉卡斯文化的织毯举世闻名，颇具代表性地展现了史前纺织文化。帕拉卡斯织毯运用多样编织技法和多种原材料（羊驼毛、羽毛、头发、金丝、棉线）制成大幅的毯子，用蛇形或其他动物图样加以装饰。织毯用来包裹逝者木乃伊或者作为祭品放在木乃伊旁边。

铁拉登特罗

　　我们千里迢迢来到了地下陵墓的黑暗中。在一个梦想的激励下，我们经受住了疲惫与饥饿。但是，我们是群奇怪的人。我们是天主教征服者的后代。所以，我们若是相信栖息在可可叶上的神灵、相信荒漠的闪电、相信青蛙和猫类动物，那么十字架和话语就会戳伤我们的脊背。我们来自另一个世界。第一个人的眼里有一湾潭水；第二个人的鼻子形如弯刀；第三个人嘴里喃喃念着埃斯特雷马杜拉修道院的祷告词。我们语言中带着遥远的乐律。铁拉登特罗却没有那么复杂的起源。它的声音单纯，竹笛或是香味种子的铃铛可以阐释。他们身上仍保留着一种令人尊敬的气质，是我们所没有的。铁拉登特罗，天空湛蓝高远；巨石像、阿瓜卡特地下墓穴、杜恩特地下墓穴；郁郁葱葱、默然屹立的瞭望台。小径上的枝叶沉默不语，静静听着孩子们放荡不羁的笑声。铁拉登特罗，是建在移动砂上国度里的一个不可能的梦想。我们下至地下陵墓，把眼睛靠近墓壁。我们嗅到陵墓里的灰尘和潮湿，想象着夜里生命延续时呼出的水气。他们和我们用生命策划时间。一瞬间，我们便成了菱形、圆形、三角形、模糊不清的线条和炙热的混沌。再过一会儿，外面的光线给了我们一丝光亮。我们便像田野上的马儿一样奔跑出去，跑到精疲力竭，最后栽倒在草地上。一股热流在我们胸前流淌开来。我们已经看到了铁拉登特罗。我们一直认为它的神秘即是我们的神秘。但是，现在，我们摇头离开了。一个印第安人，在远处，沉默地登上高处，对我们的悸动丝毫无动于衷。

地下陵墓
···········

小贴士

铁拉登特罗国家考古公园是哥伦比亚著名的考古胜地之一，公园中分布着大量的古墓葬群，海拔高度可达 5800 英尺（约 1768 米）。

梅里达

　　跟随导游胡丽雅，我看着马赛克装饰描绘出的这段历史。几个小时以前，我们埋葬了弗拉维奥。我们唱诵神灵，乞求他们赐福。我们把鲜花撒在他的衣服上。此时此刻，城市也为之感到沉痛。今天，到处一片寂静。云朵就好像撒开的翅膀散落在天空。就在昨天，弗拉维奥还在为我们大声朗诵塞涅卡。"他说，在他继续带着我的灵魂去欣赏天上诸多灵物时，我脚下的大地又算得了什么？"但是对弗拉维奥而言，大地已经不复存在。在他静止的内心里，昨天今日已经毫无意义。胡丽雅和我都明白。怀着缅怀的心情，我们走在梅里达石子铺成的街道上。半个小时后，我们走到草坪，从那里可以观赏水渠。我们又一次为帝国的庞大而惊叹。我们聆听水流在空中流淌，流到每户家里。其中有一户朋友已经不在了。胡丽雅和我轻声交谈，偶尔会陷入瞬间的思考。我们最后还打了个盹儿。我们感到凉鞋底下的蚂蚁，或是干草轻轻刺扎着双脚。我睁开双眼，看着湛蓝的天空。空气清新怡人，就好像到处都撒了鲜花。水渠已经成了遗迹，鹤鸟在上面建筑硕大的巢穴。突然，胡丽雅低声对我说了些什么。我便挪开了。一个男人，就在我们身边，稍稍后退给马赛克装饰拍了一张照片。我想念弗拉维奥。我想象着他已经消散在了石头里，融进了古老流水的回声里。

马赛克装饰

小贴士

　　梅里达，西班牙西南城市，被誉为西班牙最漂亮的古罗马城市之一。

　　塞涅卡（公元前 4 年—公元 65 年），古罗马政治家、斯多亚学派哲学家、悲剧作家、雄辩家。

亚眠

　　中心点，十字架，天使，主教，可擦拭的容颜，黑色线，白色线，墙面，走廊，没有终点、迷失方向、渴望向外寻求、延伸的道路，后方中心点散出线条、同时又向中心聚拢，弯曲回绕，绘着大主教福永的石头便安放于此；建筑师吕萨什的梦想由此开始，圆规，三角板，铅线；采石场挖掘工，砂石背运工，雪松砍伐工，手上开裂的泥瓦匠，姑娘们的祷告，苍白的皮肤，先生们的丝绸，采摘水田芥的农民弯下的身躯，清晨驱赶羊群的妇人的怀抱；光辉就像鸡的眼睛那么明亮，叫喊声，赞美歌，祷告声，恐惧，喜悦；柱子树立起来，圆拱悬在空中好像一只悬空的巨大臂膀，彩色玻璃向阳光敞开自己脆弱的赤裸，那便是百合花，漂亮的三叶草，素雅的根茎；闪着世俗道义的目光，隐士比画教义手势的双手，门廊里冒出的欲望，刺痛的钉栓，相互交织的鱼，成堆的酒杯，长嘴的羊羔，多足的螃蟹，撒尿的小狗，祭坛下满身尖刀的豪猪，杂乱无章的树木，大蜡烛，钥匙，高脚杯，长矛，佩剑，外立面竣工，肉体从言语中降生，因言语积攒石头，上下测量维度，背负权利的人民，这个笑，那个哭；这个乞求，另一个呻吟；那边有一个在抗争，另一个在咒骂；主教们的身边围绕着犬、羊和分娩的牛，另外还有预言师们，他们的话语是幻想的干枯支架；衣衫褴褛的受难者，被砍头，被火烧，被锐器穿过身体，锐器从肛门穿进，嘴巴穿出；再往上一点，天使甜蜜的微笑，受鸽子亲抚的姑娘，国王身上带着香料和血腥的气味；他在博学者中间，在商人和浪荡之徒中间，在妓女和皮条客中间，在被推崇者和被惩治者中间；在他们的瞳孔里，石头蕴含着最基本的真实，手弹着贝尔和里拉，抚着竖琴，吹着小号，弹奏着管风琴，击打着小钵；在能见非见之间，风在吹，迁徙的鸟儿在飞翔，龙在呻吟，从它们嘴里流出硫磺和春天的雨水。圆圈最后升到高处，所有的星星围绕着玫瑰色的住所，蓝色、红色、白色、绿色粉饰玻璃，在上面停留一段时间，是一瞬间或是每一个世纪，然后落下来在中心汇集成一条豪华的河流。在那里，我酒足饭饱后，在等待中呆站在惊讶和厌恶之中，那里有十字架，天使，主教，可擦拭的容颜，黑色线，白色线……

迷宫

小贴士

亚眠，法国北部城市，历史悠久。亚眠大教堂坐落于法国索姆省亚眠市索姆河畔，建于1220年，是哥特式建筑顶峰期建造的大教堂。中殿的迷宫呈八边形，黑白相间。

张择端（中国北宋时期画家）

麦子刚刚收割完。

给肉加点调料，用叶子包起来放进篮子里。

你不会相信，她第一个走。

你到边上去，碍手碍脚。

夜里凉爽，你把它拿出去，让露水滋润，再涂到伤口上。

再给我一杯酒，造物者会给你指引道路。

今天晚上，在树林里。

你看看这水，在下面，看起来是才创造出来的。

用力把锚扔出去。

你错了，是先前走的那个人。

如果我扔出这块石头，会发生什么事情？

是的，晚上树林见。

我只想离开，在这个村庄没有什么可做，我的生活危机重重。

这个人和他的所有智慧都是梦幻泡影。

你看看屋顶、树枝、面庞、天空：一切都在光线下洗涤了一番。

你别碰，我告诉过你了。

生命仅仅是一口气。有时候连呼吸的时间都没有。

昨天我梦见一颗流星降落到菜园里。

没有人能够自救。头颅，一个接着一个，滚落到地面，除了我的。

我奇迹般存活了下来。

把鱼从火上拿开，加点桂树叶调味。

我的愿望是拥有强劲的翅膀，可以飞翔，降落在你面前。今晚见。

现在把绳子扔到码头上。

把货物卸下来，给驴子喝点水。

如果我是从桥上跳下来的人，那会发生什么事情？

我会飞走，就像你一样。

并没有大的变动，只是在圆白菜和莴苣上增添了色彩。

夫妻之实已成，她或他，谁先走，无关紧要。

快，这不难，闭上眼，伸开双手，呼吸，然后跳。

《清明上河图》

小贴士

张择端，中国北宋宣和年间任翰林待诏，擅画楼观、屋宇、林木、人物，代表作《清明上河图》。

乔托（约 1267—1337，意大利画家与建筑师）

　　弗朗西斯科身着锦衣。精美的长袜来自那不勒斯的市场。那顶圆帽刚好遮住他泛红的头发。他的双眼那么清澈，就像被雨水洗涤过的水晶。这位年轻人喜欢常青藤缠绕的凉台下响起的爱情曲。当朝阳映衬在门槛，面对酒馆里的争执，他的内心充满激情。但此时此刻，他的身旁是些比画着手势的学者。他们摊开双手一一细述想法，上帝在他们的表述里熠熠生辉。他们运用千变万化、令人生乏的词藻展现出扎实的诡辩技能。战争与仇恨出现的频率相当，还总是要高谈阔论一番。学者们的讨论此起彼伏，肯定多过质疑。在惧怕与狂热最为突出的瞬间，如剧场舞台一般排开的座席间显示出一种草拟教义和规则的气氛。思考就像巨岩般严实，哪怕周遭的事物具有潮解性。在他们看来，参透严实便是具备了一种公正但却专横的威力。但是，在这群智者中间，有一个男人，瘦瘦弱弱，温温柔柔。留着小山羊胡子，样子和一些优美比喻中的描述有些相像。说不清楚他做什么行当。身上只有几个钱，就像一只垂死青蛙在挣扎。他喜欢游戏人生，常常去妓院，游散教士时常在那里朗诵创作的诗歌。这个人从广场上文字撰写的法律和神圣穿顶下各种绚烂形态里学到了一些东西。但是，他抛开了用脆弱天平在妓院称量金银的觊觎。他喜欢这种不起眼的称量活动在夜间发出的声音。他内心知道自己生活的一切同敬奉上帝还相距甚远。而且他觉得自己的身体恰恰验证了生命在时刻不停地流逝。在祈祷与分离之间，在抨击与爱抚之间，在亲吻层层遮掩的肌肤和过于无形的赞美之间，人生匆匆而过。在时间的流逝中，他一直习于逍遥，他与比自己更年轻的人共享岁月，还有在流动集市上用硬币或毛料交换来的秘密欢愉。今天的简简单单难道是在表明对过往生活的厌倦。或许也是一种悔过的举动。就像阿西西的很多人那样，他相信死亡前会有恐惧，他相信犯错的危险，他相信最后还有可能被拯救。于是，一看到弗朗西斯科，男人就突然想要拥抱他。他脱掉斗篷摊在地上。学者们瞻前顾后地说着什么。这个男人看着年轻人的眼睛，发掘出一种启示。男人心想，他迷人的双眼好漂亮，就像一份任何人也无法享受的礼物。

《一个普通男人的致敬》

小贴士

乔托·迪·邦多纳，意大利文艺复兴时期杰出的雕刻家、画家和建筑师，被誉为"欧洲绘画之父"。

阿西西，意大利翁布里亚大区佩鲁贾省的一座城市，位于苏巴修山的西侧。阿西西古镇是方济各会的创始者方济各的出生地，与方济各会的建筑有很多联系。

鲁布寥夫（1360—约1430，俄罗斯画家）

我是一名画家。一个见过降落与飞翔的画家；我见过背叛和嫉妒；见过夜晚的爱恋，见过它在晨曦中消散；见过大屠杀中萌生的希望。我有太多的界线。或许通过大地的某些物质也能洞悉真实，一件实实在在的作品也能摩擦出无法感知之物；或许从腐烂中我也可以探头看见变化。我无时无刻不在怀疑自己是否有必要看见上帝。要想展现他的面容该从何处着手。失明、失聪，又或是愚钝，在无明黑暗的痛苦现象中寻觅。或是在黑暗的对立面——光明，因为我在光明中找寻绝对。上帝即是无处不在的光明。我继续它不可触及的特点。我对比着墙面或者木块画出光线。我相信光晕可以将上帝的容颜显现出来。在无形中永恒的上帝。

《三圣像》

小贴士

安德烈·鲁布寥夫，俄罗斯中世纪画家，创作的三位一体圣像堪称15世纪世界绘画艺术的瑰宝。

王绂（1362—1416，中国明代画家）

现身于嶙石之上。穿梭在鸣唱声中。渴望着阳光的滋养。

《竹》

小贴士

王绂，中国明初画家，擅长山水，尤精枯木竹石，画竹兼收北宋以来各名家之长，具有挥洒自如、纵横飘逸、青翠挺劲的独特风格，人称他的墨竹是"明朝第一"。

耶罗尼米斯·博斯（1450—1516，荷兰画家）

　　竖琴琴弦穿透我的身体。囚犯关在鼓箱里。我弹奏的琵琶正是捆绑我的可恶枷锁。我吹奏的一支笛子声如雷鸣，另一支没有发出声音，但却更加无法忍受。我听见自己身体里的噪音，不断增大的噪音，就像一个巨大的回声筒。其他的声音是我碎成千片的过去。风笛，是心脏的病态跳动，永不停息。我是液体滚动的声音，人离世前喉鸣的声音，水在喉咙里打转的声音，嗥叫的声音。我想要捂住耳朵，却连一根指头也动弹不得；或是转向另一侧，匕首又插在世界的耳朵里。我想要离开这里，去找寻片刻的安静。

　　《人间乐园》

小贴士

《人间乐园》是耶罗尼米斯·博斯的代表作。

列奥纳多（1452—1519，意大利画家）

我的眼睛看到灾难。冲破围栏的洪流就好像头发。树木抖动就像交叉的双手。我的眼睛看到山谷、山脉、云彩。从这里我看见梦想中初生的地域；或是我自己创造的一个地理学家的梦想。我的眼睛看见毯子、头巾、金银线制成的饰品，唾液和其他的分泌物。我的眼睛在画作的斑渍里看到小鸟、蜥蜴、蛞蝓。夜晚的一道光线，比在我眼前瞬间的光线更加持久。我停在了另一个人的眼睛里。我看见山峰和深渊，河口和源泉，爆炸和沉寂。我想要呐喊，但是我仍然没有出声。我最终闭上了眼睛。在我眼睑以外的地方开启了一扇窗、一扇门，或是一条路。然后是空寂，那是看我的另一只眼睛。在那只眼睛里出现了天空和火底，飞翔和坠落。我在飞翔中渴望一个臂膀；在坠落里，那只磨损的眼睛依然是我，怀念着翅膀的自由。

《自画像》

小贴士

列奥纳多，即列奥纳多·迪·瑟皮耶罗·达·芬奇，意大利文艺复兴时期的天才科学家、发明家、画家、生物学家。文艺复兴"艺术三杰"之一，他的杰作《蒙娜丽莎》《最后的晚餐》《岩间圣母》等作品，体现了他精湛的艺术造诣。

丢勒（1471—1528，德国画家）

　　画的前景，是悲伤。一位妇女抬起双手祷告，她的表情传递出绝望。另一位妇女双手相握。她看着受难者，他仿佛仍在思考，拿撒勒人状态还好，就连死亡的那一刻也很美。第三位妇女抓起孩子的手。那里应该就是画作的中心，有温度的双手与逝者静止不动的手握在一起。但这还不足以展现玛利亚的悲痛。然而注意力却被转移到了悲痛者的色彩上。多么漂亮的披肩！多么华丽的斗篷！面纱是多么的精细！人类的孩子很瘦弱，身体上是死亡的颜色。血渍描绘得形象逼真，和丢弃一旁的带刺花冠与周围的寥寥几粒卵石一样。图片的边缘有两个男子，都很悲伤。还有一条毯子，摊在地上，洁净得出奇。另一个男子是位年青的使徒。没有胡子，面容憔悴，头部微微倾斜，眉头紧蹙，同样交叉着双手，但不是很抢眼。但他却位于三角构图的顶点处。那几个祈祷的孩子在说什么呢？或许他们想要换个姿势去玩一会儿或是出去唱一圈。整幅画作中，在基督以外的地方还有一座城市。可能是慕尼黑、不来梅，或是纽伦堡；或者是一座庞大的耶路撒冷；也或者仅仅是我的故乡，因为，在我的故乡和哀思之间，在未来和过去之间，在这里和那里之间，我穿过一座桥。午后空气散发出清香。湖水清爽宜人。我驻足停留，看该把目光投向何方。我看看前方十字架下的喧扰；看看身后高耸的城市：圆拱和城墙，塔楼与铜钟。我决定到街道上逛逛。碰到一个客栈。或许能和一个偶遇的女伴共进晚餐，共宿一榻。但在进去之前我又停住了。大山吸引了我的视线。眼前出现了一团巨大的乌云。我想到了死亡，战争，饥饿。这些就是开始侵袭我们的这团乌云。它终究会遮盖我们，无法抗拒。突然间，我感到害怕。我想要喊叫，逃跑。躲避这场不幸。但是我停住了。永远停留在这份创造出的哀悼里。

《哀悼基督》

小贴士

丢勒，德国画家、版画家及木版画设计家，其作品以版画最具影响力。

107

克拉纳赫（1472—1553，德国画家、雕刻家）

　　他拉起你的手，想要拯救你。我拉起你的手，是为了失去你。他不爱你，因为探索你的身体是爱你的唯一方式。而我却知道你身上每个印记的含义。我亲吻过你鼻子上的印记，亲吻过私密处隐藏的印记。他看也不看你。如果说他看了，那也是许久以前他曾经用目光扫过，却没有留意你。他不知道你的气味。而我不仅知道，还时刻眷恋。他因你的不安和过错感到欣慰；而我的快乐是因为你浓密的秀发、纤纤的细手和圆润的肚脐。他反复说想要把你从裸露中拯救出去；我却告诉你将他忘却。至少在现在这一刻，果实让我们沉醉，我们越过了界线。他，翅膀扑扇，在天堂；你和我，我们是欲望的一幅画。

　　《亚当与夏娃》

小贴士

　　克拉纳赫，即老卢卡斯·克拉纳赫，是德国文艺复兴的领袖艺术家之一，主要画肖像画及宗教与神话题材画。

巴尔东（1480—1545，德国画家）

　　宇宙带着紧绷的弓。箭把弓拉弯。我用刀剑在巨石上叫醒了一个流动的梦。我将弩炮射向离散的空中。我将脑袋支撑在盾牌上休息。我用火药在雨里画上愚蠢的火光。沙滩上的大炮生锈了，螃蟹在大炮洞口交配。火绳枪卡壳了。不能用了，我便把枪丢进了河里，只听见水泡的声响。弯刀和弩弓是乐器，现在我听见它们的沉默。匕首和时间一样古老，我在刺槐皮上刻下一个单词的首字母。就这样，我用这些武器，应对死亡。

　　《战士的头颅》

小贴士

　　汉斯·巴尔东·格里恩，丢勒的弟子，创作广泛，作品涉及宗教、神话、寓言、肖像等各种题材，其代表作有《基督降生》等。

布勒盖尔（1525—1569，佛兰德斯画家）

　　要是有人问我，我会指着高处回答：我从那里来。很难确切地说明我是在什么时候到了那里。建筑以不太现实的方式建了起来。起初很难测量。那时我们的头脑中没有混乱，也没有孤寂。很多人从四面八方而来。他们和我一样，听闻了大楼的消息。或许，他们也和我一样，不会相信它的存在。他们和我一样，离开了自己在沙漠、山林、河边和海岸的住所。我记得那个时候大家都是一样地喜悦，追逐着一种类似希望的东西。我们做的事情已经超过了记忆的范畴。我们骄傲万分，想要留下一个巨作。我参加所有的活动：庆祝建筑竣工的庆典，休息的时候登上高耸的房间或是跑到城郊回看楼塔。有一天，出现了一则谣言。建筑的指挥者们之间开始产生矛盾，他们无法在居住方案上达成一致意见。一些人说，这是大家的财产，人人都可以自由居住；另一些人提到了社会阶层和宗教信仰。为了避免对峙局面愈演愈烈，最后建议等等再说。那个时候，距离最低的云彩还需要修好多年。后来慢慢地，有序无序地，人们便住进了这栋无数楼层的大楼。幻想、战争、疾病、爱恋、触碰天空的迫切影响着我们所有人。某一天，已经不可能去低的楼层：高度落差太大了，我还必须穿过一些可能发生偷盗和谋杀的地带。有一次我冒险去了一些角落，碰到一些人沉默不语。我想要说话，但是我发现塔里一个人听不懂另一个人说话。最后，我就决定把自己锁在、藏在塔顶。如果有人问我，我会指着任何一个地方，手指绕着云彩，回答他：是的，我到了天上。然后看着我的话语坠入虚空传来回响。

《通天塔》

小贴士

佛兰德斯，曾在15—17世纪建国，领土跨越今荷兰西南部、比利时西部、法国北部一小块。布勒盖尔多以地景与农民景象的画作闻名。

拉斐尔（1483—1520，意大利画家）

我，巴尔达萨雷·卡斯蒂利奥内（1478—1529，文艺复兴时期欧洲诗人），是个文人，我注视自己的眼睛知道里面有你的光芒。我，巴尔达萨雷·卡斯蒂利奥内，是个曼托瓦的人文主义者，我到处旅行，为了回想起众人面前曾经的我，记起现在的我，看到将来的我。于是，看着自己，我想起罗马的下午。我看着你画画。你看着我说话或是写作。我们互相看着，简单而又短暂。我，巴尔达萨雷·卡斯蒂利奥内，通晓音乐，我知道你还要画雅典的智者、忧郁的玛利亚们、葛拉蒂们、漂亮的青年人。你的作品将说出我们曾经拥有的美好。而我则是通过朋友来看未来。我，巴尔达萨雷·卡斯蒂利奥内，1529 年的今天，在这一天我等待结束，我再一次端看你画的我。我明白了陪伴的意义。我带着这份安慰闭上了双眼。

《巴尔达萨雷伯爵像》

小贴士

拉斐尔，文艺复兴"艺术三杰"之一，代表了意大利文艺复兴时期艺术家从事理想美的事业所能达到的巅峰，其作品充分体现了安宁、协调、和谐、对称以及完美和恬静的秩序。

小汉斯·霍尔拜因（1497—1543，德国画家）

　　突然学校里传来消息。托马斯被警察击中倒在了门口的一棵桉树旁。在他垂死之际，一队穿着制服的人禁止学生接受照料。之后，车来了，他去了医院。尸体被运到了停尸间，据说必须解剖检查。消息就像冲出堤坝的水淹没了整座通哈城。传播者不断重复信息。写字楼和商场立即停业关门。大街上交通停滞。警察分批驻守警戒。一群学生渐渐聚集在中心广场。晚上棺椁应该会从那里经过。我们计划好哀悼的队伍要一直排到市政厅。随后到纪念堂，为托马斯点上蜡烛、祷告、唱诵赞美诗，直至天亮。早上，游行队伍会陪同送葬队到市郊远处的公墓。但是，棺椁还被荒谬地扣在停尸间。他们挑选我去送放行公文。厅里没有人。跟着我来的哀悼队伍仍然在外面。我在一个平台上看到了尸体。长长的，精疲力竭，就像一把没有光泽的剑。一条短裤遮住羞处。泛黄的皮肤包裹着肋骨。福尔马林的味道像是耻辱的鞭子弥漫在厅中。我曾想过托马斯死亡时的丑陋。他的头发，一部分已经湿了，黏糊糊的。两只眼睛，就像被秃鹫啄过的两个空洞。嘴唇半开，嘴里的齿尖排成一条线，不会有人再看见了。我告诉自己，死亡就是这样。大海、山谷、雨林和嘴巴将永远从人们的眼中消失。我寻找伤口，在身体侧面找到了。我很惊讶，因为伤口并不像广场上传言的那样在心脏附近。那是水蛭咬伤的伤口，并非子弹所伤。我往前靠了靠。托马斯的手脚被束缚着。头上太阳穴附近，有好几处淤血凝结的血块。一股热流涌上我的面颊。托马斯是被谋杀的，他的身体遭受了暴力侵袭。我想要离开大厅让人们知道真相，让消息传到广场，让人群中压抑的愤怒爆发。但是，有人碰到了我的肩膀。我气愤地揪起对方医生工作服的领口。我停留了几秒钟听他的解释。他最终达到了目的，让我跟着他走。在另一个房间里放着棺椁，里面躺着托马斯。我问，旁边那个男人，他又是谁？医生耸耸肩，回答说：或许是，要被丢弃的尸体。

《墓中基督》

小贴士

小汉斯·霍尔拜因，欧洲北方文艺复兴时代的艺术家，德国画家，最擅长油画和版画，他的很多肖像画较为著名。作品人文主义风格明显，陀思妥耶夫斯基曾评价其作品《墓中基督》："可以把许多人的信仰夺去。"

卢卡斯·范·莱顿 （1494—1533，荷兰画家、雕刻家）

娄特站在山顶上看。他的眼睛里映现出逃离，信使的面容，约旦河的景观和它的清澈明亮、深邃莫测，不要回头看的告诫，妻子的手放开他的手，女儿们没有了母亲的哭泣。娄特想，现在一切都过去了，就好像噩梦里的一幅幅画面在醒来的时候都会消散。硫磺从塔上洒下来是这样，叫喊声是这样，毁灭也是这样。今天生活还在继续。娄特继续在内心打凿着迷宫。突然产生了疑问。难道他决定要在琐珥安定下来，那些小房子让他想起早年在乌尔的日子；难道最好还是回到亚伯拉罕身边。他明白自己的伯父是位羊羔和星星的放牧者。而他却是个失去了羊群、朋友和妻子的男人。娄特思绪有些混乱。他相信自己的存在是一切的错误的结果。他试图依靠时间——那是耶和华的些许安慰。是说，有一个女人会出现，慷慨为我服务。而我的女儿们早晚会找到自己的丈夫。娄特深深地吸了一口气。夜晚闻起来有种烟味和晶状粉末的气息。在地平线上，索多玛是一处璀璨的遗迹。娄特，左摇右晃地回到帐篷。他感受到了周围的另一种味道。火焰，并非神灵显现而是女性之手点燃的，略微消散了他的迷茫。他的一个女儿微笑着给他端来一杯酒。另一个女儿哼着小曲儿，娄特虽觉得不太合乎时宜，但听起来也很优美。两个女儿的衣服不时蹭到娄特的胳膊，慢慢感到有些麻木。童年的记忆在他的脑海中浮现。迟来的晚风摇曳着树木。羊羔在无边的绿色平原上吃草。一个女人的声音突然穿过溪水。喊着他的名字的细小的声音。另一种香味伴着夜色油然而生。娄特想，闻起来像清泉水，洋溢在幸福当中。

《娄特和他的女儿们》

小贴士

卢卡斯·范·莱顿，出生且主要活跃在莱顿，被认为是艺术史上最杰出的雕刻家。

琐珥是一座小城，具体在哪不能确定，根据《圣经》的线索，推断应该在耶路撒冷的东边，在原来索多玛西面。

索多玛首次出现在《旧约圣经》的记载当中，这座城市位于死海的东南方，如今已沉没在水底。

格吕内瓦尔德（约 1470—1528，德国画家）

　　缥缈的形象，在空气中聚聚散散，好像根茎一样啃磨着大地。我的母亲，赤裸着身体，渐渐靠近。鳞片做的皮肤，双肩上文着怪兽。乳房里秘藏着浑浊的乳汁。母亲是我渴望解读的谜团，同时又很惧怕。当我觉得她的皮肤是道美味的佳肴，我便跳进有发酵气味的泥潭。她的眼睛如池塘水般清澈见底，但那却是陷阱。她的嗓音，是美人鱼的歌声，歌唱着可怕的秘密。我的父亲紧随其后。目光里带着腐烂橘子的光泽。身上的威慑力让我联想到天上浩瀚无边的蘑菇。他向我伸出双手，给予我权力的盘子。银币和金币。白色的粉末。炙热的黑色液体。父亲面无笑意，也不因孤寂和无力而烦恼。他的嘴巴是无尽复仇留下的伤疤。四肢都已生脓。我知道如果接下盘子，就需要舔舐他的手脚。在他身后出现了我的兄弟姐妹。嘴里念着祈福的诗篇。我感受到圣洁之手的沐浴。他们的话语如同抚摸，发出进入梦乡的邀请。某一瞬间，我消融在平静入睡的困意里。但我看见害兽从他们的头发里出来，钻进我的肚脐。随后兄弟姐妹们到了。刻着纹身的手里拿着旗帜和深红墨汁签署的文书。他们指着被大火吞噬的山脉。他们说，安东尼奥，那就是我们的领地，声音高亢，历经百战。这里有滋养我们的生活和留给后世的美好。借着篝火的光线，在天际线沉陷的地方，我分辨出了家族的后人。他们在破损的容器里高昂起头。最后，是我的朋友们。裹着呕吐物颜色的披风，上面点缀着病牛的血渍。他们的拳头，如同栖木一般，拽着肢解的鸡。他们齐声喊，安东尼奥。安东尼奥，小兔崽子，小痞子，怪胎。他们的声音撕破我的耳朵。我朝他们说话。但是我的声音就是一把匕首划破了理解的纽带。我痛苦地闭上了眼睛。我希望这些画面在曙光里消融。但是，曙光还很遥远。黑暗，只是极度地渴望结束宇宙。我追根溯源，里面只有混乱。我想要喊出一个词，毁灭性与创造性并存，拥有抚平混乱的光亮，我抚平自己的混乱。但我只是一个胆小的渔夫，没有能力驱赶蚊蝇，没有能力为自己披上被毯，也没有能力捕捉住那个总是变幻莫测的梦。

《圣安东尼奥的诱惑》

小贴士

马蒂亚斯·格吕内瓦尔德，16世纪一位专擅祭坛画的画家，晚期哥特艺术的大师，其作品在德国画风中属于一种特殊现象，是德国文艺复兴绘画中最不可思议的画家之一。

提香（约 1489—1576，意大利画家）

　　玛德琳开始脱衣服。布料慢慢滑落，好像有一只无形的手时不时在阻止衣服滑落。她用这套衣服来诱惑商人、文吏和耶路撒冷的士兵。她的身体在帐篷里月亮洒落的光芒下颤抖。她的手指慢慢地画着圈，上面绘着修长的海娜花，张张面孔浮现在脑海中。一种砂石的气味，经历雨水的洗涤，拉长了她的目光。公寓是由花瓣和嫩叶做成的。她拿着一壶混合了没药的水，把水洒在胸前。液体随意散落，有节奏地汇聚在一起，渐渐包裹住乳头。玛德琳打了个寒颤。她找出用柔情交换并积攒下来的油。油略稠，混合了来自伊斯帕尼亚的核桃油和橄榄油。她把油涂抹在腿上。随心所欲地掌控着节奏。手顺着大腿往上移动。静态的臀部十分迷人。私密部位边缘精心修剪。其中的一张面孔轮廓清晰。他的话语令人愉悦。玛德琳将海娜花染过的头发捋成微红色的两束头发，捆绑好，搭在胸前。她感觉到身体是湿润的土地，带着种子和丰收的气息。口里念着祷告词。她说，我在这里，在人类孤零零的夜色里，在你星辰般的眼睛里。

《忏悔的玛德琳》

小贴士

提香，意大利文艺复兴盛期威尼斯画派的代表画家，是意大利最有才能的画家之一，兼工肖像、风景及神话、宗教主题绘画。他对色彩的运用不仅影响了文艺复兴时代的意大利画家，更对西方艺术产生了深远的影响。

丁托列托 （1518—1594，意大利画家）

　　巴比伦人的驻地很安静。山丘的身影，围绕着伯图里亚城，时不时被拉长，左右摇摆像黑暗的酷热。土地，在一年中的这个时候，是昨晚子夜颤抖的心脏，广阔无边。主帅帐篷的守卫顺从巴戈阿斯的命令退去休息了。宦官也准备去休息。但在走之前，他先调弱了床幔旁边的灯光。然后去征求主人的同意，脸上带着悲伤的淫欲笑容，希望主人享受良宵。赫罗弗尼斯挥手准许了，接着就陷入沉醉。他把最后一杯酒撒在了胡子上，好让朱迪斯的嘴唇在其中愉悦。但是，那个女人还没有来。赫罗弗尼斯闭上了眼睛。最近这几天失眠特别严重。过去的几个夜晚，他不断地思念那个犹太女人。他甚至聪明地想到去她洗澡的河水旁边。透过树木，他看到了朱迪斯的裸体。看着侍女给她擦干胸部和大腿。有一次，赫罗弗尼斯想走过去，把这个女人推倒在鹅卵石上。迎着阳光，双手紧紧抓住伯图里亚的大地，尽其所能地完全占有她。但是朱迪斯有秘密要告诉他，关乎他的人民。赫罗弗尼斯不能做战场上的无能之辈，更不能是床榻上的庸才。所以，他准备了宴会。另外，也有必要向他的将士们展示战胜者的策略。外面——在他看来只是一系列散去的窃窃私语，终于出现了两个身影，默默地走了进来，在放着弯刀、弓箭、长矛和投石器的角落里挪动着什么。赫罗弗尼斯吸了一口气，仿佛在下达允许入内的指令。朱迪斯走进床幔。男人的手落在小地毯上，刚刚碰到想要触碰的大腿。两人的身体颤抖。短裤下雄性器官勃起。朱迪斯控制着情绪触碰它。她微微前倾。在她轻轻解开布料的时候，嘴唇形成一个胜利的符号。切割线清晰可见。可以说成是一次爱意绵绵的砍头。亚述人的头颅就这样被取了下来，愚蠢至极，被装在先前承装大麦面包和新鲜无花果的囊袋里。侍女默默地等待着。但是她问自己血液流到了哪里？从山上哪条渠道流出去的？雅各布·罗勃斯蒂和他画的人物一样思考着同样的问题。于是在窗帘上他新加了紫红色。侍女的脚被染成了红色，还有遮盖朱迪斯不可侵犯的私密部位的纱巾。

《朱迪斯与赫罗弗尼斯》

小贴士

丁托列托，16世纪意大利威尼斯画派著名画家，青年时也叫雅各布·罗布斯蒂，是提香最杰出的学生与继承者。其作品继承了提香的传统又有创新，在叙事传情方面效仿米开朗琪罗，突出强烈的运动，且色彩富丽奇幻，在威尼斯画派中独树一帜。

弗朗索瓦·杜博（1529—1584，法国画家）

　　我是弗朗索瓦·杜博。我出生在亚眠，一直在巴黎生活到 1572 年夏天，然后搬到了洛桑。我是职业画家。我的宗教信条以加尔文教义为基础。我在巴黎度过了学习时光。学习时光是令人难忘的。开始的时候还比较愉快。不幸随后才来。但是我对巴黎的印象总是对立的。整个城市就好像是一枚硬币同时存在的两面，冒出天使或是魔鬼，智慧或是疯狂，神庙或是妓院。那段时间我画学校里我们应该画的一切。《圣经》场景、荣耀者的肖像、各种希腊神话。我尤其热衷于画风景。景色随着季节而变化。总是描绘城市阳光照在我身上时的喜悦。我记得自己喜欢上午出去。在罗浮宫周围游走，画不同的侧立面。往这边，是一条河和来来往往不辞辛劳的船舶。往那边，是墙和门将皇家要塞和贵族居所分开，还有学生的庇护所。再远一点，云朵时而分散时而聚集。再往这边，看起来不应受诅咒的人们来回奔走。那些年的成果，我的草图，我的画作，在一切愤怒的时刻被损坏了。过去事件的场景在流亡的那些年一直陪伴着我，困扰着我，希望我死亡的时候能够减少这种困扰。一逃出巴黎，我便发誓要切断和她的一切联系。那是一个不明智的决定。但是过度的伤害只有淹没在其他事情中才能克服。对自己则更不彻底，我又回想起城市。从远处想念她。但是，我不再画画了。我带着这个决定忧心忡忡地到了洛桑。不碰画笔，我单纯地认为，另一段故事另一个人会诞生。有好几年我都在尝试抑制自己的呼吸。失眠随即而至。失眠中是不同的死亡面孔。我坦白如果那些漫漫长夜，曾经出现过、现在仍然出现的恐怖东西，都是因为那些我幸存下来的场景。去解释愤怒的人群如何在执政者带领下杀害另一个群体，这没有用。另外，也不是时候去细说我们法国新教徒认为的陷阱。我只想说说我自己，我觉得有重要的意义，也很恐怖。那个清晨，在一切开始的时候，我还没有睡觉。我想自己头脑一片空白。无法忍受的炎热。蚊子轮番进攻。我打开窗户。外面几匹马飞快驰过。一声喊叫打破了夏日的沉静，那是几天后在巴黎将要结束的一声喊叫，在我身上还没有完结的一声喊叫。记得当时我感到一瞬间的摇晃。我想过藏到一个衣柜里，想过找个楼梯，找一个洞。然后，难以置信的事情便发生了。刚开始一切似乎都是偶然。几年过去之后，便成为我命运中不可或缺的一个环节。我走到街上。我出来，是因为困惑引领着我的步伐。我出来，是因为一种奇怪的东西命令着我。我没有一点逃跑的意思。我没有去找那扇能够拯救一部分人的布西之门。我漫无目的地走在街上，身边一片狼藉，令人作呕。我看见了一切。有人后来碰到了我的肩膀，突然间我好像醒了。随后，一骑马队飞快地穿过烈日下的广场。然后就是我现在的场景。记忆。只有记忆。是记忆造就了这幅画。这是我唯一能画的。我用画违背了自己的承诺。

《圣巴托罗缪大屠杀》

小贴士

代表作为《圣巴托罗缪大屠杀》。

格列柯（I54I—I6I4，久居西班牙的希腊画家）

翻开书，我找到了她。提及这件事只是想说明偶然性。我们的相遇主要是预兆。

首先是绿色，然后是额头，皱起的眉头。细长的脖子。露出的头发。然后又是披肩。绿色。铺洒在画面上。

圣母在哪里？悲伤又在哪里？

这时我感到有些不舒服。她的脸是一张动物的脸。但是哪张脸又不是呢？老鼠。下水道。垃圾桶。地窖。我记得有句话。那是节日上说给心爱的人听的一句话：老鼠，我的小老鼠。

伯爵的禁闭。彼得的眼泪。赫罗尼莫瘦弱的身影。殉教者。复活。启示录。一片干旱的托雷多。但是这些印象我刚刚才有。这一幅幅场景让我能够触及她。这一次，翻动页面时我的手在颤抖。

在梦里，所有的事物都带着绿色的基调。衣服、床单、墙面、地。我并不抵触，反而有种快感，好像刺痛的甜蜜。我在浴室打开水龙头。水触碰到我的肌肤，变成了绿色。我走出浴室。站在窗前看。一片云开始笼罩世界。云是绿色的。

狗的眼睛。尽管也可以是鹿的眼睛。我爱慕又憎恨那双看着未知天际线的眼睛。过去或是未来，总是看不见。我厌恶，又怀念那双眼睛。悲伤而生硬。一只眼睛不是很透明。另一只眼睛里的泪水让我感到满满的力量。我渴望在这双眼睛前面，在短暂瞬间抚摸它们。

我知道那个嘴唇。脸上轻描淡写的几笔。能说出什么抚慰的话语或是警句？又能低声说什么，抱怨什么？嘴唇紧闭时，那么苍白无力，近乎精疲力竭。要想安放舌头嘴唇又过于小了。奇怪氛围下富有吸引力的嘴唇，很快就不再是草图，而是会慢慢张开。活灵活现的几笔线条摩擦，张合。在幸福之后的平静里，低声说出不可能的词。

如果那双手，瘦弱又虔诚，能够同我的手相握。如果绿色披肩最终能掉落在我的脚面上。

《悲伤的圣母》

小贴士

埃尔·格列柯，一位才华横溢而又非常复杂的人物。他的作品像一个多棱镜，曲折地反映了 16 世纪下半叶动荡的西班牙社会和没落的旧贵族的精神危机。

乔治·德·拉·托尔（1593—1652，法国画家）

从一开始我就知道，在你还是我身体的一部分的时候。预兆总是陪伴着我。不过，伴随着征兆的还有一种快乐，因为知道时间在流逝，你依旧还活着。有时候，我晚上醒来，清清楚楚地看到你的死亡，我悲痛万分。于是，在睡梦的碎片中，我寻找信息好让你再多存活几个小时。你不知道我是如何地保护自己，如何用护身符护盖住你，如何用清新的香味包裹住你。从小我就给你脚上捆上枝条，脖子上挂上水果，每天早上用湿润的种子给你按摩下身。我用春天的第一场雨水给你洗身体。我相信这样可以延长你的生存，不是在我身边，而是在这个世间。我知道你在穿越树林。你在观察下雨，观察雨水升向云霄。看着你身上涂上了一层泥土和灰尘，就好像被一种颤抖的快乐包裹起来。但是这个时刻到了。你的缺失让我的腹部遭受到了重创。要是能让你回到那个时候。要是我能用双臂靠近你。要是我能靠近你，把你包裹在我的肚子里。直到把你变成一个单纯的存活下去的愿望。

我不知道这些眼泪是因为你而流还是因为我。我不知道悲伤寄居何处，在你的沉默里还是在我的焦虑不安里。我感到痛苦万分。不知道是因为你年少夭折，还是因为死亡袭击我年轻的身体。我不知道你是最终的堕落，还是我才是它唯一的诠释。

大家都为你哭泣。我看着你的身体，不觉疲惫。你那么虚弱就像一根柔弱的小草。你不要走，塞巴斯蒂安。让我听听你手心里神秘的回响声。让我再一次出现在你的眼睛里。这样我就可以拔掉最后的那支箭。你有一个伤痕，我的心就落下一滴泪。我将抚摸你的面庞，我用唾液润湿你的头发。然后我只是磨蹭你的嘴唇，不是要盗取轻吻，而是保存住你口中的一丝气息。我需要它救活仍在呼唤我名字的火焰。

我等着你，罗马统帅。临终没有困难。对我而言时间就是你创造的。还有你妻子们的时间，眼泪的时间，过错的时间，焦虑的时间。你的脉搏与我相连。如果你愿意，可以听一听。你会知道希望在随着脉搏消散。然后你会明白一切即将停止。在我的黑暗里，你，就像是光明。

《圣爱莲救治圣塞巴斯蒂安》

小贴士

乔治·德·拉·托尔，法国巴洛克画派画家，也为当地的贵族及宗教机构服务，在17世纪绘画史上，尤其是法国绘画史上有着重要的作用。

伦勃朗（1606—1669，荷兰画家）

那么短暂是什么？短暂最好的证明莫过于看我的身体。一段时间之前，我看到了萨斯齐亚的身体。她被病魔摧残的身体。她的双手，之前满是安抚，而如今在颤抖。看到她用杯里的水打湿睡衣，我难以接受；听到说猜不出她话语，我备受煎熬。那些话语曾经能够表达愿望。那些无疑是期盼长久的愿望，长久是我永远都无法发现的东西。短暂，最近过去的日子里有更多的短暂，我觉得在衰老的时候会看见它，在生死两岸间熄灭时会看见它。在一段时间以前，我认为音乐是短暂的，诗歌是短暂的。每个夜晚和每场雨是短暂的。爱情攻克语言的瞬间是短暂的，肌肤颤动前的沉默是短暂的。我，思索着时间边界的光与影，当宇宙中只能听见血液在我身体里流动的声音时，我也是短暂的一部分。萨斯齐亚的侧影也是短暂的，在天边慢慢模糊，渐渐靠近我的双眼，然后沉浸在神秘中。萨斯齐亚，在那些日子，提到了上帝。但是我们俩都知道，在恐惧虚空的时刻，一切慰藉都只是时间的海市蜃楼，是摧毁一切事与物过程中感人的陷阱。我们明白和上帝交流的明智方式是向他坦白我们对其伪装的短暂想法。萨斯齐亚，期望长久的秘密也是短暂的体现。最终的恐惧是如此。让我们赤裸面对死亡的不安也是如此。还有在最后时刻陪伴你的那束光线，那么像从过去进入现在的光线，推着我走向分解，不停地抚摸着我，萨斯齐亚，不停地抚摸着我们。

《自画像》

小贴士

伦勃朗，欧洲17世纪最伟大的画家之一，也是荷兰历史上最伟大的画家之一。画作题材广泛，擅长肖像画、风景画、风俗画、宗教画、历史画等领域。

夏尔·勒布朗（1619—1690，法国画家）

　　成群结队的鸟，脖子上画着耶稣像，席卷着旷野。鸟的翅膀能将头砍断，能将腹部切成碎片。祷告并没有吓跑它们，反而把它们吸引了过来。

　　老鹰看着我。瞳孔密实，咄咄逼人。它的身体有着阴柔的曲线。一对爪子长在毛茸茸的下身处。

　　鸽子是白色的。品种是毛领鸽。它喜欢靠近我的手指。圆圆软软的身体让我感到一阵哆嗦。在整个鸽子房里这只是我最喜欢的鸽子。它小巧可爱，我一直照顾它。在等待雏鸽的时候，我所有的时间都用在了它身上。我总是想给它的第一波鸽子蛋一些热度。它热烈的叫声变成了哀鸣。我们看到从蛋壳里蹦出来几只三个脑袋的雏鸽。

　　蜂鸟羽毛稀少。翅膀扇动的时候带动着空气流动，却基本看不见。它经常光顾花瓣，吸取花蜜后就离开。经它短暂吸啄，花儿变得干涸。不知道它是喜欢储藏的蜜汁，还是喜欢飞翔带给它的空间。

午夜时我醒了。一个身影在我身旁，高高瘦瘦的。在他面容上我找不到熟识的记号。他的翅膀，就像闪着磷光的鞘翅，慢慢地一张一合。我问：这是谁？他一声叫鸣做了答复，声音撕磨我的耳朵。

我梦见在无数个早上，我向色彩鲜亮的鸟儿投掷火石，梦到自己不停地哭泣。

一个朋友也来探访过我。他悲伤的举动令我不安。我问他为什么如此沮丧。他冲我微笑。他对当时的雨做了一番评论，以做解释。然后我们彼此道别。在他从水坑边缘走过的时候我发现他是跛腿。他的一条腿是鸡的脚。

我手心窝里一阵颤抖。他飞了起来，一束光让我眼前顿时一片漆黑。

《男人与鸟》

小贴士

夏尔·勒布朗，其历史画、肖像画、宗教画都很出色，有巴洛克的遗风，更多倾向于古典主义。曾是宫廷画师，从事宫廷和府宅装饰，罗浮宫、凡尔赛宫均有他的作品。

委拉斯开兹（1599—1660，西班牙画家）

哲学家说：无论我的目光再看向何处，发现的都是自己衰老的征兆。而我会说：不管我的眼睛看到哪里，看见的都是委拉斯开兹的迹象。沉着冷静的迹象，囊括一些所见物的迹象，时间流逝般艰辛的迹象，细述岁月充满慰藉的迹象。我说的是音乐和其他那些美妙艺术；说的是带着油橄榄清香的雨和风；说的是顷刻间构筑爱情和悠悠岁月中搭建友谊的话语。我愿意像哲人那样去相信在激情枯竭的时候仍有那份唯一的欢乐；像哲人那样去认为在独特性减少，快乐逐渐丢失的时候，幸福依然隐藏。不久前，我还觉得牡蛎的味道是感觉能力尚存的表现；不久前，在肉体的欢愉中我还能发现爱情中最美好的东西。但现在我口中所谓的满足感官享受不过是忧伤思物的共鸣。额头上已经出现了疲惫。手摩挲奢华的栏杆时会颤抖。颤动的声音让音质显得严肃庄严，但同时也变得孤寂脆弱。另外，还有帝国。从你的画布上就能看到帝国同我一样，我们都将面临死亡。对西班牙我们或许再无计可施。国家内部是起义、反抗、无章法的变革，那是因为不知道寻求的方法会不会比现在要好。我在自己的面容里看到了那个结局，或许不如在战场上感受到的明显。在大街上的喧嚣声中，在我们海域来来往往的大帆船中或许能感受得更多。然而两者都预示了帝国的灭亡。因为，委拉斯开兹，西班牙结束了。它的庞大随着缓慢而终结，在你眼前悲伤地瓦解。但我认为那些光亮很快就会到来。照亮黑暗屋子里的物品。简简单单的物品骤然光彩熠熠，重新令人忘怀。然后就只剩下沉默和破碎的阴影。我问，伴着光线留下的微弱痕迹会发生什么？你不要闭口不答，我的画师。你稍事休息一下，试着回答我。

《腓力四世》

小贴士

委拉斯开兹，17世纪巴洛克时期西班牙画家，宫廷首席画家，也是欧洲首屈一指的画家，作品写实自然，创作出《宫娥》《酒神巴库司》《纺织女》《镜中的维纳斯》等一系列不朽的杰作。

维米尔 （1632—1675，荷兰画家）

　　看见你在窗前凝思。看见你的双手创造出一小片天地。看见你打开信，我在信里说看到你就是看到了水、风、光。看见你在代尔夫特的午后，就相信再没有其他的午后。看见生命在你身体里生长，缓慢又炽烈，你就好像是春天。看见你夜晚的音乐飘落下来抚慰世界。看见在这个瞬间有多么幸福。

　　《信》

小贴士

　　维米尔，荷兰风俗画家，"荷兰小画派"的代表画家，荷兰黄金时代绘画大师，与哈尔斯、伦勃朗合称为荷兰三大画家。他的画整个画面温馨、舒适、宁静，给人以庄重的感受，充分表现出了荷兰市民那种对洁净环境和优雅舒适的气氛的喜好。

　　代尔夫特，荷兰南荷兰省的一座城市，地处海牙和鹿特丹之间。

皮拉内西（1720—1778，意大利雕刻家）

　　墙面是我的眼睛。铁条，我的双手。天窗，是慢慢紧勒我的阴影。钥匙已经丢失在我的意识里。可能会逃跑。逃向眼睛、手、类似的天窗。

　　我看见顶棚，但是触碰不到。我穿过楼梯，却不通向任何地方。绳子悬挂着，没有任何东西牵绊。光亮隐射自由，可我却抓不住。我能看到什么人，却很快闪过。我是我双眼的反射。

　　有三层楼。最高层是一组圆拱，长廊和台阶。走廊不通向任何确切的地方。底层没有光亮，全部都是阴暗，整个空间就好像我家乡的一部影片。在中间层有一个想法推动着我：往上走还是向下去。连接线在空中晃动，那是我唯一可走的路径。

　　空间里的震动声增强，把我震成碎片。我的岁月长多少天，震动就持续多少天。

　　我渴望坠落，但是不可能纵然跃下。这里没有任何的推动力。

　　不安因严密而起。墙体恰如其分地切割每个转角处。圆拱和柱子修建得无懈可击。雕刻作品的形态和谐统一。平衡度拿捏得恰到好处，要是不考虑建筑意图，简直可以称得上是件精美绝伦的作品。痛苦包围着随处分散的光线，叹息声声入耳，回声清晰。陶醉中夹杂着恐惧。在这里它们都渴望永久，就像睡梦一样。

　　痛苦是可以看见的。逃离并不是缓解的方法。这个区域没有入口也没有出口。只需要简单地闭上眼睛。于是我尝试着去做。我乞求可以闭上眼睛。乞求某个人，神也好，人也好，把夹子拿掉。让我的眼睛能够拥抱黑暗。

叫喊是得到自由的办法。我永远在找寻它。但我被恐惧封上了双唇。

粗棒。夹子。蟋蟀。额头上滴下的水珠。连接手脚绳索。带电的电线。遮住镜子的风帽。抵住脖子的刀具。射入胸口的子弹。炸弹。空洞。惩罚。我隐约可以看见光亮的一个词。

每个词都从一个空间里升起来。体积硕大。大到我在词里看见了各式各样的逃离和各种痛苦最恐怖的延续。面对那种单一的装饰，具象缺失，噩梦是绘画唯一的基调，还有多少矛盾没有在我身上出现。有时，我走进这个词，责骂它；有时候，我又把它看成是一个凶狠神灵在作怪。不可能不骂。我唯一的保障是空间仍然存在，空间有真实的维度。面对矗立起来的墙面，我哭泣过。我用头碰撞过墙。我已经被神志不清所包裹，只有警笛声提醒我回牢房时，我才会从中清醒。有人曾经告诉我在窗户的那边，根本没有自由的迹象。但是对于这些话我仍然有质疑。好多年来，我丧失理智地要去求证这句话。如今我内心已满是无法忍受的平静。

一支曲子在空中飘荡。我没有被捆住，也没有人给我的耳朵封上蜡。音乐很快就转成了寂静。它开始吞噬一切。捆绑和惊吓都不能阻止它。宽广的领域里产生了压力。

钢、花岗岩、铅是用来封闭我的材料。高度无法攀越。我下了一层楼，这是更黑更关键的一层。时间分分秒秒地过去，重复、空虚。一代又一代的声音在旁边告诉我说没有出口。在我孤独一人的时候，我看看手上的锉刀。缓慢和耐心做成的锉刀。时间想要吞噬我。我让它慢慢地吞噬。等待十分漫长。我生命中某一时刻出现的空洞，我必须要结束它。

灯悬挂在最高处。被一根绳子吊着，一动不动。灯光很强烈。隐射出一种垂死的挣扎。我们都目不转睛地望着它。仰慕地看着它，直到我们看见暗淡。

桥是螺旋状的。在原本不可能断裂的地方出现了断裂，架在一个本不可能承载如此重量的空间。我想象着它的尽头，却无法得出清晰的具象。我知道有人在桥上穿行。尽管我也知道人从桥上经过是不可能的。有人把我从这里推了下去。是一个和其他人一样的阴影。是一个和我一样的阴影。他命令我，就算我过不去，也要去过桥。我迈出第一步的时候，惩戒也开始了。

突然间滚来一个巨大无比的轮子。没有人也没有东西推动它。它的存在只是为了压制移动。

唯一的居所：停止思索。

《想象的压力》

小贴士

皮拉内西，意大利雕刻家和建筑师。他以蚀刻和雕刻现代罗马以及古代遗迹而成名。强烈的光、影和空间对比，以及对细节的准确描绘，是他作品的特点。

戈雅（1746—1828，西班牙画家）

　　戈雅想要醒来。马车突然间停了下来。听不懂的声音，风的嗡嗡声，在空中建起堡垒。戈雅在半梦半醒之间想要听清这一切。然而，安静再一次笼罩万物。戈雅渐渐回想起自己那个世界的影子。几个小时以前，他离开了马德里。透过车窗可以看到宫殿的外立面。然后是漂亮的花园和各式的广场。瘦弱的洗衣女工，拄着拐杖的乞丐，两个披着披风的绅士穿过最后一条街道。面对宫廷的施压和宗教裁判所的威胁，戈雅计划去乡下的房子住一段日子，远离尘世。那里有仆人，有儿子的微笑，足够宽敞的院子可以肆意挥洒阳光，留住白天。画家微微张口叫车夫。他想知道为什么车停住了。但是困意再次袭来，耳朵又一次被尖锐声叫醒。车门突然被用力地拉开。小雨落在周围浓密的植被上。远处，太阳在泛红的哀伤中消散。戈雅的眼睛淹没在眩晕的氛围里。衣服黏在身上。仿佛空气往他身上浇了一团炙热的湿气。他十分不安，就去找寻车夫。但是外面的昏暗遮盖住了期望的一切。戈雅觉得马的旁边有身影，如幻想一般一闪而过。他于是决定下车。他听到马儿急促的呼吸声，马蹄搅和着路上的泥土。戈雅走上去，弯下身子，他在马掌间看到一团泥潭。陌生的气味让他害怕又兴奋。混沌不清之中，突然出现了一些人。戈雅不知道他们是谁。绑着皮带的前胸在黑暗中散落的光线下发光。不知怎么回事，戈雅跟着他们慢慢走着。他难以相信可以保持如此快的速度，即便他们很年轻。他想问这是在哪里？他们要往哪里去？这些人都是谁？但他的舌头是一块布。没人回答他，也没人搭理他。这会儿，步伐加快。就好像有一群动物默默埋伏在周围。戈雅想停下来，回到马车旁，把马拴好。他寻求帮助。但是眼前感到一线光亮。尽头随即出现了房子。一条土轧的街道好像蛇一般盘旋在眼前。靴子的脚步声清晰可辨。还有细语声，叹息声，射击声。人们从家里出来。戈雅清楚地听到一些对他毫无意义的名字。呼喊名字的声音消失在周围的时空中。戈雅想离开，却不知道如何离开。事情发生得很快。前面是农民，他想，那是因为他们是农民；士兵在另外一端，戈雅又想，那是因为他们是士兵。农民们簇拥在一堵墙的前面，古老石头的影子倒映出墙的光辉。他们眼神惊恐。一个接着一个倒下。鲜血撒在草上，颜色鲜明。还有声音在喊。戈雅不知道是被屠杀者的喊叫，还是屠杀者的吼叫，或者是围观者的叫喊。于是他看见最后一个农民在空中画了一个十字。从十字架，从白色衬衫，从他极其不同的眼神里产生了一道不可寂灭的强光。戈雅用眼睛死死地盯着，车夫突然用手轻轻捏了他一下。在广场那边，戈雅看见干干的土地围绕着他的家园。曼萨纳雷斯河静静地在宽阔的平地上流淌。又是一片沉寂。从某个地方传来一个他从未说过的词。弗朗西斯科·卢西恩特斯走进家里。惊怕地念着，马皮里潘。这可能是一句咒语，一句黑人的咒语，一个可怕的秘密，戈雅心想。他的手仍在颤抖。

《1808 年 5 月 3 日的枪杀》

小贴士

戈雅，弗朗西斯科·何塞·德·戈雅－卢西恩特斯，画风奇异多变，从早期巴洛克式画风到后期类似表现主义的作品，对后世的现实主义画派、浪漫主义画派和印象派都有很大的影响，是一位承前启后的过渡性人物。

马皮里潘，哥伦比亚的城镇，位于该国中部。1997 年曾发生马皮里潘屠杀平民事件。

葛饰北斋（1760—1849，日本画家）

　　我该画什么呢？葛饰北斋问自己。画家在房间里走来走去没有找到答案。女儿应为慷慨地承揽了他的所有家务，不去过多地打扰他。葛饰北斋一度觉得几年来的每幅图画、每瓶墨汁、每张水彩都应该有所不同。世界在他眼前就像一场永不结束的表演，展现不同风采。那个时候，葛饰北斋有着无穷的好奇。一种时常更新的困惑就像一座桥，建造在他眼睛和双手之间。阳光、雨露、蝴蝶飞翔，还有蝴蝶的出现就好像是刚刚才被创造出来的。生活就是奇迹的表现。葛饰北斋看着生活对自己说：我正在体验新发现。于是纸上一只白鹭展翅向着晨曦，一个男人撑着小船驶向湖泊；风是路途上的尘埃；艺伎的脚显露在镜子里。但是现在葛饰北斋已经是一位老人，几乎足不出户。他的双手常常颤抖。眼睛，好像隐藏的星星，无力地转动。有时熄灭后，需要很长时间才能重新点燃。难以忍受的重量已经压在他背上。夜晚醒来时浑身发烫，让他疲惫不堪。应为，每次看见他这样，就会给他一杯茶，看着茶的热气，老人慢慢消融在和服的褶皱里。病痛的缓解慢慢平抚他杂乱的呼吸。该画什么的思虑又重新困扰着他。葛饰北斋想，他从6岁就开始画各种各样的事物。一直画到70岁，自己双手创造的东西都不值得表扬。事实上，上了年纪，他才更准确地理解了昆虫、鱼儿、花朵、树木和石头的形态。现如今，马上就要满83岁了，他才承认自己工作上有了一点起色。他告诉自己，如果再多一点时间，他就能领悟艺术的真谛。如果活到100岁，他猜自己可以画得美轮美奂。再经过几个阶段的锤炼，他相信笔下的线条就将不再取决于他，也不取决于眼睛，因为那个时候，线条已经拥有了自己的生命。葛饰北斋迷失在这类无边无际的思绪中。他规划着未来作品的题材。前几天，他才开始慢慢确定。一切形态的表现在葛饰北斋看来都是重复的。他悬空的水浪是另一个已有水浪的延续，几个世纪前就已经塑造过。他笔下枝头灵动的小鸟是前辈无名人士创造的。他笔下的农妇，在黄昏返回村庄，那曾经是另一幅画的下午，一个农庄和一个男人。但他并不因为这些而悲伤。他的技巧是无可挑剔的。跟随别人是为了明白自己的岁月没有白白逝去。葛饰北斋觉得万物同源。不同是想象出的游戏。斑斓颜色是种掩饰，下面隐藏着同样的秘密。身在多彩幻化的宇宙里，葛饰北斋甚至感到开心。应为悄声走进房间取东西。老人决定和她讲讲自己的想法。他跟她说，有一种智慧，在那里我们都是虚幻。她困惑地看着他，礼貌性地微笑着。这些叶子蒸发出具有缓释作用的气味，桌布上画的树林，窗户上探出可见的东西，你叫我的声音，我感谢你的眼睛。一切，所有的一切，都是虚幻的。应为最后表示赞同。她没有回答什么，因为父亲只是在自言自语。葛饰北斋看着她走出房间，步伐缓慢，这是宇宙光线的另一种形态。美好是唯一存在的形式，他这么认为。美好并不是来自虚幻，而是短暂的不断汇集。葛饰北斋眨了眨眼睛。他闭上眼睛。等了几秒钟。影像又回来。他刚刚知道，短暂，就是他发现的事物。

《自画像》

小贴士

葛饰北斋，日本江户时代的浮世绘画家，他的绘画风格对后来的欧洲画坛影响很大，德加、马奈、凡·高、高更等许多印象派绘画大师都临摹过他的作品。北斋的风景版画由于令人耳目一新，深受江户市民的喜爱。

籍里柯（1791—1824，法国画家）

在你的画作前我的画并不完美。我喜欢艺术，喜欢您，喜欢您的探索。我察觉到我们的谈话有些作用。三桅船在礁石上撞得粉碎。剩下的桅杆制成了木筏。突然间，第一个夜晚降临，让我们赤裸裸地面对死亡。雨水就好像是蓝色幻觉的惩罚。我们头上的天空嵌在宇宙的清明里。喝干酒桶是为了能兴致勃勃地杀掉我们。随后便是神志不清。在夜晚那一切仍然将我惊醒，那一切压迫着我的心胸，让我面色灰白。那一切都没有在你的画里，籍里柯。画里没有酒浓烈的味道，没有血浓烈的气味，也没有那些孤寂日子中的漫长历程。或许我错了。你是艺术家，我谁也不是。如众人所说，这幅画表现的不是几个人的海难，而是法国的海难，欧洲的海难，一个文明的海难，人类的海难。我知道您所做的是要抓住悲剧。无数次禁闭在画室里。在那里我被听见过好几次。把断头台上处决的头颅拿来。你几个小时看着半闭半睁的眼睛，带着窒息微笑的嘴唇，最后的困惑。去医院探访是为了能在纸上细致描绘出痛苦的面容。但是在画里，我今天在罗浮宫看到的画里，您画出的是希望，而不是遭遇的地狱。那份希望只属于我，籍里柯，您唯一的幸存者。

《梅杜萨之筏》

小贴士

籍里柯，浪漫主义画派的先驱者，代表作《梅杜萨之筏》被看成是浪漫主义绘画的重要代表作，标志着浪漫主义画派的真正形成。

德拉克洛瓦（1798—1863，法国画家）

　　我们在经暴动洗劫的一条街上碰到了她。面对明显的狂热，她看起来不太明白发生的事情。而我们在起义的力量面前趾高气扬。几个小时以来我们过得万分紧张，一切会发生在我们身上的事情都不会顾及我们的安危。胸口中弹而死，被刺刀刺中而亡，或是成为一群暴怒者的枪击对象，这对我们来说更好一点。我们有时间投石头，修街垒，处理受伤的肢体。我们不停地喝酒，感受着英雄主义和恐惧，就好像满目的鲜血，残缺的身体，引投炮弹都足以激发我们的欲望。我记得，在一片混乱当中，曾经看到一对恋人，在一条小巷的尽头彼此相拥。身为统帅，他们注意到了我。我并没有生气，反而有些心动。于是在看到她的时候，我们不约而同地产生一个想法，这不足为奇。看到她裸露的胸脯已经足够煽动起大家的欲望。我们围困住她，两把扯下她的衣服。我们舔她，咬她的肩膀，甚至扯掉了她的几缕头发。她，带着硝烟粉尘的气味，在我们各自骑在她身上的时候根本不看我们。在我们对着她唱赞歌时，她始终闭口不语。在我们心满意足之后，她穿上自己破烂的衣衫，戴好弗里吉亚帽。然后拿起旗帜，充满力量地冲着另一个地方。从那个方向传来叫喊声、枪声、炮声和更多的摧毁声。

《自由领导人民》

小贴士

德拉克洛瓦，浪漫主义画派的典型代表。他继承和发展了文艺复兴以来欧洲各艺术流派，包括威尼斯画派、荷兰画派、P.P.鲁本斯和J.康斯特布尔等艺术家的成就和传统，并影响了以后的艺术家，特别是印象主义画家。

弗里吉亚帽，一种无边便帽，又称自由之帽，是一种与头部紧密贴合的圆锥形的软帽，其帽尖向前弯曲，典型的颜色是红色。古代小亚细亚的弗里吉亚人曾经佩戴这种帽子。

库尔贝（1819—1877，法国画家）

　　小时候我在沐浴时看着姐妹们，并没有太多美好的好奇。我看她们，只是出于眼睛的干渴。在高立屋顶上，从身体缝隙间，我知道了这种欲望，但不知道感受到的这种颤动也有名字。随后，沉浸在安逸的生活里，我看过其他的女人。我从她们的缝隙里进出，转变。世界的起源或许就是你画的那样。但是最好在房间里看，在酣畅淋漓之后，她们满意入睡的时候。或者在屋顶上，天上晴空万里，下面一注水冲洗着浴室的瓷砖。伤口和撕裂，生命在那里萌生；每月的污秽物从那里倾倒。这一切都是小时候我在姐妹们身上看到的。还有一支歌，你的画上没有，在那些年轻的口中哼唱。

　　《世界的起源》

小贴士

　　库尔贝，写实主义美术的代表，创作代表作《戴贝雷帽系红领带的库尔贝》《世界的起源》等。

马奈（1832—1883，法国画家）

　　我寻求美好，即便我找寻的地方很难碰到美好。不能庆祝与美好的邂逅，我便相信能碰见虚空。然而，这两种真实都需要晕染，而不是长时间的触碰。我想要更加清晰。我追捧诗歌，所以我读了所有的书。不只是读皮毛，还有里面的一切思想。书籍在我灵魂深处沉积下了一丝忧郁。其实，我知道的东西很少。现在，我明白三点：诗歌简短，但是表达炽烈；我香烟里冒出的烟雾，你试图在画布上绘出来，比文字能锁住更多的秘密；你手的那边，窗户的那边，我们居住的城市那边有一种光，光里神秘的光波可以解读和论证宇宙。解密光波或许是徒劳的工作。但是现在，你和我，我们再一次疲惫地开始解读。

　　《斯特凡·马拉美》（肖像画）

小贴士

　　爱德华·马奈，19世纪印象主义的奠基人之一，大胆采用鲜明色彩，将绘画从追求立体空间的传统束缚中解放出来，其绘画深深影响了莫奈、塞尚、凡·高等新兴画家，进而将绘画带入现代主义的道路。

德加（1834—1917，法国画家）

　　走回欧佩拉剧场是很艰难的事情。你生病了。长久以来，各种疼痛总是折磨着你。但现在不一样了。你年纪太大了。过了 80 岁对你而言就太大了。另外，眼睛也不好用了，对冷热、灰尘、花粉、雨天都很敏感。画家可怜的眼睛，磨损得太厉害。"开始"，你说，话音很低。这个词在你的寻找过程中很有用。那一瞬间，动作应该停留在了画面上；那一瞬间，安静与速度合二为一。你很在意这件事。当你在通往剧场的路上前行，手里拄着拐杖，心里就在想这个。你觉得双腿很沉重，大衣和帽子也很沉重。就连胡子你都觉得比往年重了一些。比你画的画要重得多。你连人都看不太清楚。在你看来他们就好像是在汽车、树木、房屋这些物体间来来往往穿梭的亮点。你微笑着，略带嘲笑，因为眼睛的缘故，你觉得自己会永远在幻觉里。但是你知道欧佩拉剧场就在这里。因为剧场的阴影无比庞大。熟悉的地方不用眼睛看也能辨认得出来。你走了进去。你绕大厅走了一圈。你聆听低音管、大提琴和笛子之间的对话。在那边，你听到远处有一点，到处都能听到一点，跳跃的舞步声，还有臂膀在空中上下舞动的沙沙声。你心中突然产生了一种预感。朦胧中出现了一个身影，快速在你的周围穿过。你看见她就像一把耀眼的佩剑，割开层层黑暗。她的每一个动作都创造出一个空间。你像以前一样，清晰地看到了一切。你满怀欣喜地体验着这个奇迹。但是，她停住了。她抓住你的手。你看着她用幻灯片引导着你。你问，是开始吗？她没有看你，回答说，是的，这是开始。

《芭蕾舞女》

小贴士

　　埃德加·德加，法国印象派重要画家，其绘画题材主要包括芭蕾舞演员和其他女性，以及赛马。他通常被认为是属于印象派的，但他的有些作品更具古典主义、现实主义或者浪漫主义画派风格。

塞尚（1839—1906，法国画家）

艾克斯的街道没有什么变化。你觉得那里的人乏味无趣。你讨厌那座城市就好像最终会厌恶这难熬的永久存在。但是你爱慕它就像一个人爱慕自己的身体，尽管它每日都在遭受破坏。你的生活已经永远固定在了艾克斯，你希望在那份确定中生活得充满活力。有段时间，你曾相信会有东西彻底改变你。你在艾克斯等待最后那个春天的到来。但是它并没有来。或许永远也不会来。事实上，你觉得，那个能够改变你的东西已经成为过去。这份信念让你与其他人更加格格不入。但也让你能更好地去适应孤立与工作。很少停歇，日复一日相同的工作。就连孩子也在用一种荒唐的韧性适应这种生活。一看到你，他们就开始嘲笑你。他们认为你是疯子。你在他们眼里就好像是个破损的物件。他们甚至用石头砸你。你对他们不闻不看。你觉得孩童时期不过就是惊奇，尤其是不安与唐突。但是当他们骂你衰老的时候，你却是有感触的。同他们的话语相比较，你自己的感受反而更加深刻。孩子们长大了。那些孩子与你在街上擦肩而过，用烘托功绩的腔调谈论着世界。发明，时尚，帝国的血腥兴起，大厅里受人推崇的艺术家。那些在你看来都十分遥远。杂乱，低俗，太过于世俗，你只是耸耸肩，再含糊地说些排斥的话。你毅然决定留在艾克斯。众人面前的沉默，你面前的工作。多年以来你明白自己是和这些原则捆绑在一起的。当你知道结局将近的时候，这些是唯一的佐证。但是，在你往返于家与工厂之间的这段路途中，略微有些差异。稍稍从道路偏离一点，你便能看到圣维克多山脉。你从小就知道这座山是万物的归结。尽管你馈赠它的方式与众不同，你依然爱戴它，敬畏它，也梦到过它。你用一个面包、两个鸡蛋和几个红色的洋葱震惊了巴黎。你在山的边上简单画了一条幽深的小径。你将道路洗涤得很干净，甚至洗去了疲惫。你凭借着记忆和还原的感受描绘出了这条路。你把工厂置之脑后，去寻找岔路。风敲击着你的脸庞，你找到了。你靠着一棵树。你坐在一块石头上。山在那里。你对山说：你便是永久。而我，只是刚刚完结的呼吸。艾克斯的钟声在远处响起。你知道，所有的一切都是可以触碰的海市蜃楼。你的双手，有一瞬间，飘浮在空中。

《圣维克多山》

小贴士

保罗·塞尚，后印象派主将，从19世纪末便被推崇为"新艺术之父"，作为现代艺术的先驱，西方现代画家称他为"现代艺术之父""造型之父"或"现代绘画之父"。

奥迪隆·雷东（1840—1916，法国画家）

红酒与鲜血交织的灾难过后；善于制造恐慌的乌合之众过后；哭泣、抱怨、喊叫过后；剥夺的时刻过后；轻蔑与混乱的时期过后；在世间短暂存在过后，沉默，请接纳我。

《沉默》

小贴士

奥迪隆·雷东，19世纪末象征主义画派的领军人物，被德尼比作"画坛的乌拉梅"。雷东在美学上主张发挥想象而不依靠视觉印象。

莫奈（1840—1926，法国画家）

如何画出死亡？用水渠清水的蓝色？用水莲花的黄色？用云朵的灰色？你，奄奄一息，已经没有了颜色。但是我还是努力要画出你。我看着你躺在床上。我用画笔画出你的死亡。我要怎么画你呢？我再一次询问。或许我会因落鱼而哭泣；或者看到你独自在遗忘中而心痛。我只想捕捉住最后的这一瞬间。我用蓝色、黄色、灰色画你，直到把你包裹在缺失之中。我用黑色在画布上署上了自己的名字。这样就能知道是我在见证死亡。那个深爱你，痛苦的，面对死亡的男人。

《奄奄一息的凯米莉》

小贴士

克洛德·莫奈，法国最重要的画家之一，被誉为"印象派领导者"，是印象派代表人物和创始人之一，擅长光与影的实验与表现技法，最重要的风格是改变了阴影和轮廓线的画法。在莫奈的画作中看不到非常明确的阴影，也看不到突显或平涂式的轮廓线。光和影的色彩描绘是莫奈绘画的最大特色。

高更（1848—1903，法国画家）

高更孤独一人在岛上，孤独一人在海洋里，孤独一人在宇宙中心。他生病了，焦虑却又幸福。不久前，他割断了与人类建立的重要联系。与家人的联系，与祖国的联系，与朋友的联系。他选择了远离。不是因为文明，也不是因为进步与科学。他放弃了国家却没有放弃艺术。他觉得法国，欧洲，西方是一种高贵而倒人胃口的情节。他唾弃过去就好像一个人厌恶可耻的伤疤。他不再和那些他曾认为是重要的人物说话。选择了流亡，高更成为一个隐士，一个烈士，一个英雄。他相信在那里能有所发现。他厌倦了崎岖小路，却不厌倦探索，每天早上他欣赏着植物和最终寻觅到的水世界。高更不觉得在受苦。如果感觉到不满意，他便会用一种冒险的愉悦态度去面对。他知道，梅毒摧毁了自己。他朝着枝叶茂密的树林喊叫，冲着看着他的当地妇女吼叫，她们听不懂他的话语，他的语言听起来就像一粒粒被刀削平的石头。而对那些女孩子，近乎少女的孩子，画家还是一如既往地追逐。顺着山间小径，在平坦山丘间，在道路上。女孩子们，最终被说服，去他家里。在那里她们听着风雨敲打吱吱作响的木料，看着蚊子蝴蝶在灯前旋转。她们好奇地观察着画家的物品。高更让她们摆出各种姿态。她们完成得生涩又美丽。高更的手一阵颤抖，黎明时分抖得更是加剧。高更画着那些身躯，他觉得很满足。他接着再抚弄，玩味。他给她们一些物品让她们多待一会儿。这就是幸福的高更。岛上一个农民认为他是海洋上不负责任的半人怪兽；另一个人觉得他是不规矩的法国人；第三个人在信上说他是秘鲁妓女的孩子，应该把他放逐到巴黎去，让他最终腐烂在铁栅栏里。

《孤独》

小贴士

高更，法国后印象派画家、雕塑家，与凡·高、塞尚并称为后印象派三大巨匠，对现当代绘画的发展有着非常深远的影响。

何塞·瓜达卢佩·波萨达 (1852—1913，墨西哥版画家)

　　我常常在梦里和死亡不期而遇。她会用各种各样的方式唤醒我。砍头，屠杀，从窗口扔出。不过我觉得安安静静地中风也可以替代这些死亡方式。我微笑着入睡。我知道死亡用微笑便可以继续不停地撕啃我。

　　昨晚我和死亡有了一次亲密接触。事情是这样的。她来敲我的门。我们秉烛夜谈。喝了点酒。我们相互亲吻，赤裸相对。我抚摸着她瘦骨嶙峋的肩膀。当我在她双腿间准备再进一步时，她呼吸急促，晕了过去。我是小心翼翼的，应该说是富有同情心的。我觉得在这一生当中，和其他人相比，我最爱她。天亮的时候，她在床上留下了一丝湿润的温存，我闻了好长时间。

　　死亡告诫我不要为每日的痛苦而哭泣。我看着她往天空方向升去，心里默默地骂她。她在上面笑得多快乐。但是云彩不搭理她，水滴也不理睬她，就连彩虹也不愿在她长长的双腿下留下一丝痕迹。

　　《死亡嘲笑》

小贴士

　　何塞·瓜达卢佩·波萨达，墨西哥近代享有盛名的版画艺术家。

157

凡·高（1853—1890，荷兰画家）

您不理解我，加歇医生。这个夜晚是通往深渊的道路。一群埋伏好的幽灵在召唤我。想要抹掉他们的声音是徒劳的。树木不行，大山不行，祈祷不行，火焰也不行。就连目光也无法救我。医生，您的建议就更不管用了。每个人都要为自己的荒诞行径负责。灵魂在其身上留下的疤痕就是他的结局。人和伤口的紧密联系就好像轨道与星球，鸟儿与飞翔，幻境与亮点。您或许能够理解这一点，医生。而我真切地在感受。我就是一条荒谬的路。不怀好意地开始，胆怯地结束。渴望一致的线条却碰到不同。梦想着混乱的几何图形。惯于降落的上升。我是清晰表现下的模糊影像，是面朝云彩的空寂，是吞噬自我的饥饿，是一根不协调的链条，有开始却永远没有结束。而您，医生，您同情我。您建议我忘记诸多的清晰和明了。但是，我有颜色。我把颜色看成救赎和惩戒。颜色就是上帝，是从我嘴里漏出来的一个词。我拥有颜色，它的声音是花朵，是繁星，是这个混乱的地方。颜色，一种或是多种，消逝或是产生。水井聚集了外部光线和内部黑暗；步伐汇集之处又终有离散。医生，即便是您的建议。或许是这些缘故。

《自画像》

鲁奥（1871—1958，法国画家、雕塑家）

　　我合上书，离开桌子，把头探出窗外。我看见你迁居到我的街上。夜晚人们身影模糊。清晨一片蓝灰。下午夕阳微红。到麦德林的人们经受着战争的驱赶。我看见他们带着大包小箱，在站台上用胳膊支撑着身体，在公园里穿行，在土地上建起不能持久的居所。此刻他们少言寡语，就好像是在你的蚀刻画里。但是这种沉默是暂时的。他们的移居人生才刚刚开始。仍需要好些年才能在颠沛流离中生出话语。话语无论如何终会出现。它不会像一朵花，不会像一眼泉，不会像鸟儿的飞翔，而会是一棵不同寻常的树：有着茂盛的枝叶，硕大湿润的根茎。此刻人们成群结队地来，三人，五人，十人。几年前就开始了。事实上，这些人组成了一个不合常理的城市。他们的声音是一种爆破声。但图画还没有可以容纳他们的空间。比如你的一幅画，寥寥几笔，或许现在有足够空间。他们中的一个人在天边画了一条线。那是更加遥远的世界，那里和移居的人们一样模糊不清。那个世界里住着被救赎出来的人们。那个世界里有我的书本，我的桌子，我的窗户。在他们身上我看着伤口如何长成。

《移居》

克利（1879—1940，瑞士裔德国画家）

这是一个商队。沙漠，仍然是一张草图。骆驼的轮廓已清晰可见。骆驼后面有一只身影模糊的驴。有段时间我看见它摆在明信片架上。我看东西总是很快。一个每天去办公室、路过图片摊的人就那么简单地瞄了一眼，睡觉前便记起了商队。自己过着安稳的生活，我感到欣慰。但我对骆驼念念不忘，听着它们起伏的步伐。驴跟在它们后面一路小跑，保持着距离。有一次，我设想自己站在这些动物身旁。我看见我自己披着不整洁的披风，头巾包裹着胡子。我的皮肤被沙粒反射的阳光烤得发亮。当我回到现实中时，我开始厌恶自己的安静。我明白，那是高楼里的办公室，都市重复性的繁忙让我有时间想起一支商队，某些时刻，我是里面的主要角色。然后，我便从旅行的反复体验变成对旅行的总结性思考。一支商队意味着什么？我问自己。夜晚我揣摩着明信片的深刻含义，在那片沙漠里漫步的两只骆驼和一头驴有什么含义？有很多种解释，屋外一片安静，这意味着我住的城市已经开始休息。在虚构中来来回回；包含在结束和开始中的死亡；新意与单调彼此相依，没有停歇。所有的疑问都汇集在了一个答复里。还有一天，我在其中的一间商店前停住了脚步。我观察这幅图好几分钟了。有一条线暗示着窗户。我总结出在那扇窗户里应该有个地方可以让一个静止不动的人投下目光。那天晚上，我从那扇窗户探头望去，看见沙漠并不是一个谜团，而是一种短暂的安慰。我不介意商队是不是在前进。在停滞不前当中我有了一种感受，无法忘怀。这些动物，和我靠在一起，我感到了永恒的存在。汗水的气味，它们有节奏的呼吸包围着我。繁星满天，我呼吸着夜晚寒冷的空气。我梦见了水，因沙粒而联想到的水。

《两只骆驼和一头驴》

小贴士

克利，最富诗意的造型大师，出生于瑞士艺术家庭。年轻时受到象征主义与年轻派风格的影响，创作了一些蚀刻版画，后来又受到印象派、立体主义、野兽派和未来派的影响，画风呈分解平面几何、色块面分割的走向。

毕加索 （1881—1973，西班牙画家、雕塑家）

　　这是一匹躺在马路中央的马。腹部破裂，苍蝇，美洲鹫，X 形状的脚掌，夸张的眼睛，微笑或是在哭泣的牙齿。或许是一辆车碾轧了它；也或许是一位骑士不忍目睹它遭受如此痛苦而将它击死。在麦德林天空下的马。清晨，卡车、摩托车、自行车、汽车在恶臭中避开它。或者应该松口气，庆幸是马而不是人。有人，也许会想到其他的事情。想到木马里隐藏的勇敢或阴谋诡计；想到国王或皇帝的闻名坐骑；想到赤裸身体的平原居民指挥的愤怒马群。但是所有的马都成了块块碎片。它们上面有轰炸、枪决横行，还有数不清的孩子的尸体。旗帜、徽章、充斥着死亡的圣歌。但是，这匹马横尸在麦德林的一条街上。象征、讽喻、暗示着什么？很快就会有人来把它挪走。把水泼在血渍上。那片渗入柏油的斑渍上可能增添了人为的行迹。就像一个创伤。就像一只手爪。

　　《格尔尼卡》

小贴士

　　毕加索，现代艺术的创始人，西方现代派绘画的主要代表，当代西方极具创造性和影响力的艺术家，20 世纪最伟大的艺术天才之一。

霍帕（1882—1967，美国画家）

　　我哪儿也不去。我悬在地狱的边缘。但有的时候我梦想着自己在挪动。我看见前方有好几个方向。一个方位基点，在平原上翱翔；一个遥远的港口。我在梦里问该去哪里。但是没有人回答我。我看看四周。我确定在梦里，就好像在不眠状态下，没有迷宫，也没有空间的叠加。我完全被剥得赤裸裸。有时我也希望清晰明了能够穿破命中的空虚。我继续存在，无惊无恐。但是我睁开眼睛，意识到自己唯一的真实。我就是一阵沉默。悲伤在颜色里融化。

　　《自画像》

小贴士

　　爱德华·霍帕，美国绘画大师，以描绘寂寥的美国当代生活闻名。

迭戈·里维拉（1886—1957，墨西哥壁画家）

那是个白天。我期待这一天就好像那是一个奇迹。清晨，困意怯怯地离开席子，慢慢消散在泥土黄色湿润的祷告中。房间里的空气，穿过酸甜的气味，倚靠着颤动的烛光。我慢慢苏醒，虽然眼眸在眼睑和外面世界之间筑起一道界线，但眼睛依然清澈透亮。睡梦里的影像是失眠唯一的支柱。我在走廊上奔跑，深信鸟儿的歌唱——从来看不见——就是一种音乐，整理出初次昏暗中的瞬间时刻。我问污迹斑斑的草帽。我的声音略显颤抖，带着青年人的胆怯。我一边问，一边看到一些迹象。一只褶皱开裂的手，一个含义深刻的词语，一段痛苦至极的悼词。与此同时，时间在流逝；生活，或者其他类似的东西，带着可可的味道。点燃段段木炭。黑色的昆虫在磨碎的谷物周围飞舞。某个时刻，一只坚毅的手将我推到了玉米堆旁。我闻到祭品的气味。一个声音说，我给你一块仙人掌解渴；另一个声音说，我给你一点水喝；我的辫子，我很喜欢，我给你，第三个声音说。还有一个声音说，我把这串马蹄莲花串送给你。白日与皎洁的月光相辉映，我走在路上。心里很平静。语言，憧憬着丰硕的未来。我靠近玉米。将唾沫吐在石块上。唾液混着灰尘，是我双手举起的祭品。

《玉米节》

小贴士

　　迭戈·里维拉，20 世纪最负盛名的壁画家之一，被视为墨西哥国宝级人物。艺术家在其壁画中很好地处理了内容、形式与观念之间的关系，在形象刻画、色彩配置和空间处理方面显示出高超的功力，形成立体主义、原始风格和前哥伦比亚雕塑相融合的艺术风格。

休·费里斯（1889—1962，美国建筑绘图师）

　　很难去描述城市。一堆没有尽头的楼房。房屋分开建造，高度产生了层层叠叠的视觉感受。城市就这样养育着各种幻象，无趣或是有趣的想象游戏。说到塔就好像在说水晶，谈论玻璃和钢材特有的纯净，一个矿物质的世界，寒冷，独特。借助投影灯的灯光和永不停歇、无止境的阴影，城市营造出各种怪异的感受。适应城市需要时间。一旦适应了，一个人就会变成普通人，也就是一个被疲惫和失眠吞噬的普通人。有时候，在阳台上看下面的条条街道，我问自己这些空间创造者是什么意图。成千的理论出现在头脑中。有的大胆，清晰得狂妄；或者简单得吓人。我猜测城市就是我从这里探查到的每个瞬间的永恒展示。不管怎样，我是最不可能被叫出来阐述这个特征的人。我不是城市的创造者，我只是一个住户。是不是唯一的居民？我不知道。要回答我的问题，需要盘算逝去的那些夜晚，这是我记忆中丢失的信息。但是猜疑困扰着我。我可能在体验着一些联系。投影的变动和天空不变的黑暗之间的联系或许就是其中的一个。我也在猜想城市是现代的还是古老的。猜想城市可能是一段邪恶的延续或是不堪的幻影。她可能是一段噩梦，而我是里面一个重要或者无用的符号。但这些并没有让我不安。就好像我不记得曾经有过名字，心里也没有不安一样。很久以前，最初的我忘记了在将来的使命。事实上，现在只有一件事让我发愁。这件事折磨我，让我继续生活。在这个昼夜灯火辉煌的城市里，我是什么？

《城市，黑夜》

小贴士

　　休·费里斯，喜欢描绘夜晚的建筑被聚光灯照射或于雾中呈现朦胧的姿态，其作品影响了美国的流行文化。

奥托·迪克斯（1891—1969，德国画家）

　　我看到了那个人。我看到他在做梦，在垦地，在云上建房子。我看到他体格消瘦，心神不宁，跑来跑去就像实验室里的昆虫。他眼睛里闪烁着千万颗钻石一般的光芒。我听到这件事的时候，我相信有使命。后面是树林，是我想去悬崖峭壁的渴望、是睡觉诵诗的老人。一天，某人的一只手印入我的眼帘。厚厚的灰尘蒙住我的双眼。在漆黑中我能看到。我看见一滴水滴在地上。一滴水就像一只被拿掉的眼睛向我扑来。它经过之处，山脉被夷为平地。树木就好像没有身体的胳膊，没有嘴巴的牙齿，没有皮肉的手指。海洋、河流、湖泊都蒙上了一层铅色。面对那些不幸的水滴我想要哭。但是我戴着一个面具，而不是眼睛。在另一个面具的镜子里我看到了自己没有视网膜的眼睛。再远一点的地方，我看到一支军队，我是其中一员，我们大家都是一个模样。我看见自己在行走，听不懂封闭在瓦砾里的叫喊声。天色因为烟雾而暗淡下来，无数夜晚连成一个长夜。我看见散落的头颅，瘦骨嶙峋的鸟在上面筑窝。我看到树干上用布料绑着的一具尸体，他的手指着什么。他对我们说了一句话，听不见，因为面具里我的呼吸声是唯一能听见的声音。但是我往他指的方向望去，看到一些没有面孔的孩子。他们是孩子，因为在敞开的腹部里能看见体积不大的内脏和器官。我看见袒露胸脯的老妇人在喂狂怒的羊羔。我觉得自己随后就睡着了。我不知道是不是只有我睡了。我们所有人都梦到相同的毁坏景象。在梦里的凹陷处，我看到倾斜的玻璃塔，看到燃烧的村庄。在村里居住的小伙子神情紧张，就像一个流血的沙漠。我看见他们，仿佛投弹一般，侵犯着忍受例假折磨的女孩子。怀念之前的树林，怀念最初的梦想，怀念古老的诗歌，然后我感到害怕，随即是愤怒。我朝地面吐了一口痰。我感受到血管里生涩的流动。我往树木上、石头上射击。往自己眼中没有视网膜的人物上射击。黑夜没有停止。风闻起来像汗水、火焰、尿液、粪便。不知道什么划过了我的嘴巴。是不是缺少上帝的临终祷告词？或是一声喊叫，因为月亮特别美，特别远。或者是亵渎性的言语，因为我还在继续回忆以及各种混乱。最后，天亮了，光线令人无法忍受。我看见鸽子飞过天空，感到对飞翔的仇恨；我看见高举的旗帜，我诅咒各种颜色；音乐响起，庆祝胜利，我反感那些声音。然后，我伸出一只紧握的手。双腿牢牢站住。一个词脱口而出。我不知道说的是什么，但是我的身体发生了变化。我难为情地颤抖。我感到世界漆黑一片就好像身处一个巨大肛门的卡口处。有人指了指我。我的手握住他的手，我们笑了。那个男人说毫无疑问我是男的。

《战争》

小贴士

奥托·迪克斯，新客观现实派大师，早期风格多样，从印象派到立体派，最后以无政府主义者的叛逆表现而转向达达派。后来又转向现代主题，转向一种相对来说更为写实的处理手法。毒气和阵地战的残忍使迪克斯感到恐怖，他在画中坚决地给予揭露。

马格利特（1898—1967，比利时画家）

　　事情就发生在喝杯咖啡的期间。我改变了我的名字。他的名字，我想，也是假的。就这样，爱情与欺骗愉快地结合在一起。从第一天开始，我们双方就清楚，所以从来没有出现过猜疑。如果说那段日子有过些许悲伤，那么在共处的时光中也淡却了，我们交谈，但无法彼此看清容颜。其实，我们喜欢说话。不过我们都明白谈话的界线。我们从来不知道对方的名字，也不会谈及工作与职业。我们的住所更是一个不能逾越的秘密。说到目光，确实，在欲望之外的地方有一个深渊，蒙着一层透明的焦虑。那种空虚吸引着我们。但我们没有纵身荒唐地一跃其中，而是荒诞地在边上行走。如果我们的爱情陷入了困境，有时甚至让人无法忍受，那是因为我们在火上行走而没有被火焰灼烧，在飘浮的线上穿越从没有坠落下来，在腐烂中穿行却不愿意闻污浊的气味。最后，他说做某个行当，叫这个名字。他发誓自己的感情是真的。我更愿意记起他是无名氏，远离一个确切的职业，让形象隐藏在朦胧的面纱下。我们彼此不伪装，这是我们爱情建立的基石，不是一系列面具之下的模糊不清，而是拒绝任何一种身份。我们总是在喝咖啡的时候见面。然后我们走过一条条街道，而我可以准确地说出街道的名字。最后我们在旅馆结束。我甚至可以复原出那些房子的前厅；确切地说出我们进入房间前在走廊地毯上留下的步数；描绘出潮湿地方的样子，那些墙面——乃至墙上的镜子——对我们都没有任何影响。我们的眼睛无视那些病态的重复。有一天，我们决定不再见面了。感官上的激情度过了它最完美的时刻，我们的想象有效地用语言来填补。在那种演绎中没有厌倦，真实反而感到自我厌恶。我们不再去赴约。我们从来没有在愉悦的居所找寻对方。我们不去找曾经遇到过的人物。不去找寻紧张微笑的商人、忧郁的卖花人；不去找寻曾经给我讲述回忆的画家，我们就好像一个空洞，里面只容得下沉默和所有的时间。我记得分手的那个夜晚。我看了看他无法触及的面容，那也是我面容的写照。我想我们的告别也可以算是谎言中的一部分。

《情人》

小贴士

马格利特，超现实主义画家，画风带有明显的符号语言。作为超现实主义画家当中独特的一员，他的非常规想象和富有哲理的思想不仅给图形视觉语言带来了新的启示和思索，同时也深深影响了现代视觉的传达艺术。

德博拉·阿兰戈（1907—2005，哥伦比亚画家）

正义是位丰满的妇女。她哺育着所有人。茴香酒和啤酒之间停一停，她自己装扮一番；炸猪皮和小土豆之间停一停，她扭动一下身躯；讨论、表扬和荣誉间停一停，她掀一掀裙子；布道、祝福、圣餐间停一停，她往腋下涂点熏香。白色粉末和鼻子重创之间停一停，手风琴演奏出兴奋。外面，一道光在空中划过，就像吐出了一粒铅做的种子。正义听见了，激动不已。与此同时，所有人依然吮吸着她的乳房。上方，麦德林的天空繁星点点，就好像一个噩梦。

《正义》

小贴士

德博拉·阿兰戈，哥伦比亚现代艺术代表人物之一，水彩画尤为著名。画家通过画作来批判社会现实，被认为是同时期哥伦比亚最重要的画家之一。

阿里皮奥·赫拉米约（1913—1999，哥伦比亚画家）

凶手从来就没有面孔。杀人狂也没有。历史在遗忘的角落试图回想起那些名字。都说一切的多余最终都会被永久地忘却。这是谎言。我就是你在安蒂奥基亚村庄里看到的其中一员。我可以告诉你我在哪里。我举着哪一杆枪，拿着哪把刀；藏在哪棵灌木下，蹲在哪段水渠里；我手上死了多少人。我混在普通人当中。听着夜晚哗哗的流水声，闻着巨大夜幕下土地的汗水味，在叫喊声中回味安静，厌恶怜悯和庇护。我在双手里找寻我的面孔，在所有人当中找寻我的面孔。在黯淡照片的血液里找寻，在你试图抓住我的双手里找寻。

《大屠杀》

小贴士

阿里皮奥·赫拉米约，其作品主要描绘人、工作、社会环境，他同时也创作壁画，墨西哥壁画家对其有很大影响。

博 特 罗 （1932—，哥伦比亚画家、雕塑家）

　　我是总统、省长、市长、公证员、警察；我是红衣主教、主教、神父、教堂司事、侍者；我是律师、会计、商贩、清洁工；我是农民、牧主、短工；我是教师、运动员、艺术家。总之，我是所有人。但是现在他们叫我小偷。我在红色提包里放着国家的财富，教堂的圣杯，母亲的珠宝，姨母的积蓄，姐妹的戒指，父亲的钱币，邻居的财富。但事实上，我就是他们。因此，我包里携带的物品本来也归属于我。我翻墙离开，爬上屋顶离开，只是为了改变自己的路线，并不是要逃跑。我可以在大白天穿过街道离开，什么也不会发生。最多我碰到另一个小偷，就好像碰到我自己一样。何况我更喜欢攀援植物登上屋顶。我喜欢在高处眺望我的国家、我的城市、我的村庄，感受夜晚的凉爽。夜晚闻起来像咖啡，像香蕉，像绽放的兰花，像其他一些稀奇的芳香。

　　《小偷》

小贴士

　　博特罗，其作品带有浓郁的民族色彩，体现了哥伦比亚的文化风格，从传统人物到反映社会的暴力题材，无一不呈现出他个人的才智和绘画的超人才华。

法比安·雷东（1953—2000，哥伦比亚画家）

魔鬼。不停跳舞的魔鬼。红色的魔鬼，身体修长的魔鬼。魔鬼乐鼓手和魔鬼沙球手，魔鬼笛手、魔鬼手风琴手、魔鬼棘轮扳手。魔鬼就像透明的幸福从你身上散出，就好像一幅画里有空气、水、火和土地。你的魔鬼收起翅膀，藏起犄角和尾巴，钻进音乐里。充满幻想的魔鬼，脆弱的魔鬼。魔鬼活跃喧闹、富有幻想、谎话连篇、深情款款。魔鬼给你创造出这个欢庆的国度，为宇宙欢庆。魔鬼的火焰是你星辰的尘埃。魔鬼突然藏起他的三角鱼叉哼着歌曲，恋旧地找寻独木舟。看着大河的水，他有些麻痹。看着你，法比安，陪伴他的人。

《哥伦比亚的节日》

小贴士

法比安·雷东，哥伦比亚最杰出的当代艺术家之一，其作品充满想象力，显现出艺术家内心的诗歌、韵律、音乐。

【第三篇】

节目单

献给亚历珊德拉·托罗

你在时间中延续，你是谁？

——乔瓦尼·盖塞普

维南提乌斯·福蒂纳图斯（530—609，意大利诗人）

我拿着手稿。密密麻麻的装饰音描绘出了你的影子。我回想起那些拉丁文字。在拉文纳小教堂学习诗文。在虔诚信仰与异教信奉的年代里朝拜图尔的圣殿。我听见希望黑暗不要布满你双眼的祈求。疲惫的呼吸声在普瓦提埃修道院里飘荡，专注与疑惑的时候唱诵圣母玛利亚。你的歌声写在年轻村落的夜空里。音乐谱写出唇间祈祷的耶稣基督。回声慢慢消失在这间图书馆的每个角落里。

小贴士

维南提乌斯·福蒂纳图斯，出生于意大利北部地区，但大半生都在法国度过。他和罗马古典诗人维吉尔、贺拉斯、奥维德、斯塔提乌斯等诗人齐名，于600年前后被封为普瓦捷的主教。

佩罗坦（约 1160—1240，法国作曲家）

　　教堂还没有建完，但深壑中已经筑起了希望。以前，一座乡村的教堂为乞求而担忧，因感谢而欢乐。罗马人在那里敬奉泥土塑造神灵，神圣气息萦绕。凯尔特人可以透过小小的石头窥见天体。现在，成千上万的人打磨地面好让教堂与河水协调相应。工人们雕琢加固大门，上面迷宫般的尖拱，忽明忽暗。从巴黎郊外运来的柱子打磨成锥形。玻璃经过修饰，白合花中酝酿着历经磨难的圣经故事。吐火怪兽露出咽喉，高高在上，看着后世的混乱。那些人类蚁巢好像是为声音提前准备的，先用矿物质浇筑、混合，好让音乐在上面漂浮。与此同时，佩罗坦来来去去，好像一只滴水嘴兽。看着门廊周边的进展；在各殿堂间行走，神造几何图形初见雏形；望着上面天堂摆动的多彩玫瑰；在钟摆、滑车和工人的工地间行走。需要的时候，工人们就会让他看看粗糙的双手如何在石头上雕刻出上帝和其他神灵。随后，借助着美酒和蒜蓉面包，他写下乐章，承载我们的梦想。

小贴士

　　佩罗坦，法国哥特时代的杰出作曲家、圣母院乐派的复调音乐大师。他创作的奥尔加农比莱奥宁更有节奏感，体现了世俗音乐对教会音乐的渗透。

181

纪尧姆·德·马肖（1300—1377，法国作曲家、诗人）

　　我的岁月在欧洲道路上度过。我跟随着卢森堡人的足迹。三弦琴和管风琴是我的叙事乐器，用来讲述世界的奥秘，人类无节制的生活和你传递给我的颤抖。我还不了解它，却已经在幻想中渴望。我纵身跃入就像一只小鸟在虚空中发现了翅膀的潜力。但是在幸福的间歇，我渐渐明白，在我们臂膀之外，村庄消失在大火里。死亡向我们发出欢迎的信号。我试图否认——我在你柔软的怀抱里沉睡，再一次品尝你涌出的泉水——无休无止的不幸舔舐着恶劣的天气。灾难就是它最明显的征兆。我记得我们一直相信空气已经污浊。我们在河岸燃起熊熊篝火净化腐烂。乌鸦在飞，它们的存在并不像以前那样缓解冬日的无助。然后，我们走过散着尸体的田野。我们摘下面具，匆忙取出披风。我将你的手握在手里。用手清洁我们胸前的空隙。就好像彼此的接触同时也是水和祈祷诗。那时就好像在房间里，一片寂静。低声唱着那些我写来安慰你和赞美你的歌谣。我不知道旋律是从哪里冒出来的。我听见它脱离我，就好像夜晚和白日从不可触碰的泉眼里冒出来一样。带着这份确信，我才能够探头看你的双眼。

小贴士

　　马肖，中世纪最伟大的作曲家之一，他的音乐创作主要是世俗音乐，他的复调歌曲有相当重要的历史地位。他的《圣母弥撒曲》也是弥撒曲中的重要作品。

若斯坎·德普雷（约1450—1521，法国作曲家）

　　幸福与痛苦停留在了哪里？十字路口让我成为你灾难里唯一的幸存者。空气缝隙、秘密隧道、那艘带我们去异乡的脆弱小船在哪里？当我的足迹遍及所有道路的时候，你身在何处？等待认识的已经被删除。那些可能存在的都是幻想，已经不是我的幻想。我的心灵下没有血液，它是一个无人保护的小生命。我看着灯光开启和其他一切事物的消失。但是我的身体必须要站起来，拿起笔，蘸上墨汁，谱写音乐找寻你，却永远找寻不到。

小贴士

　　若斯坎·德普雷，法国作曲家，复调音乐大师，文艺复兴时期最杰出的音乐家之一。能够完美地将自己的创新灵感注入作品中。其音乐构思富有艺术新意，为以后作曲家的创作开辟了道路。

路易斯·米兰（约 1500—1561，西班牙作曲家、演奏家）

　　红酒滴在唇上，似鲜血那样的浓稠缓慢。花园和树林的草丛间，水滴小心地探出头来。世间百态试图在每滴水珠里展现，却无法实现。繁华动荡转瞬即逝，短暂感知中也有旋律。回光返照间风那么柔和，抚过吉他时手指也变得柔软。随后，一根弦止住了生命，而另外的琴弦却渴望速度。同时产生的和弦在长长的走廊上荡开。即便窗外传来翅膀的颤动声，茂密树叶的窸窣声，人呼喊大雨即至的回声，在声音需要静止的时候，却听不见丝毫呼吸的声音。然后，一切死亡般的沉寂都只是音乐转角处的假象。手指浸没在脆弱的希望中。路易斯·米兰看着夜晚开始的地方，将轻稳地抵达极致幻想。

小贴士

　　路易斯·米兰，自学成材的音乐家，西班牙 16 世纪活跃在宫廷中的作曲家，西班牙维乌埃拉琴（vihuela，吉他的前身）演奏家。1536 年米兰出版了一部维乌埃拉曲集《先生》，这部现存最古老的维乌埃拉曲集里搜集了包括他本人作曲的幻想曲四十首、帕凡舞曲六首以及其他乐曲。

杰苏阿尔多（1566—1613，意大利作曲家、演奏家）

　　在忽明忽暗的前厅里听到了侍从的声音。他说，他们在房间里。杰苏阿尔多发号施令，出奇地冷静。走廊里是经纬急促的脚步声。拿着火把，他们上了楼梯。有人按照眼色的指示去敲门。听到房间里有警觉的动静。玛利亚·德·阿瓦洛斯在乞求，另一个人在辱骂。杰苏阿尔多一时很想揭露这桩罪行，但很快又打消了主意。男人在混乱声中摔了下来，半悬着，好像在无用地叫喊。火把燃得更亮了，玛利亚尽量遮住裸露的身体。杰苏阿尔多盯着自己曾无数次抚摸过的私密部位。她的腹部曾让自己回到童年，她的怀抱曾经抚慰过自己的饥渴。杰苏阿尔多不想杀人。他希望时间就停留在那一刻，死亡混杂在美丽与欢愉之中。但是，玛利亚笑了，她的双唇打破了一切的看法。杰苏阿尔多不许她去抱躺在身边的男人。他好几次把刀藏回去，觉得事实变得不那么重要。玛利亚也跌了下来。侍从闭上眼睛，祷告了一句。杰苏阿尔多却在安静中退了出来。他的头脑中出现了意大利牧歌，五个声部同时在喊："为什么死亡是我唯一的解脱？"

小贴士

　　杰苏阿尔多，意大利文艺复兴晚期杰出的作曲家、鲁特琴演奏家，音乐风格是有着高度的半音化、怪异的和声，这在当时相当超前。他的个人经历很有可能是他音乐充满了怪诞和阴暗色彩的重要原因。

蒙特威尔地（1567—1643，意大利音乐家）

我的语言是噪音与杂乱无章。我就是永久的不安。我不在意并且想要抹去一切意愿。奥菲欧的使命不是解救尤丽狄茜。她永远都是一个幻境，呈现在表面的光影里，呈现在无尽地下的阴影里。他人的幻境就是用我的存在来填充世界；就是到达你们认为生活自由的地方；然而，有我的存在，就没有任何自由。奥菲欧同我一起进入了一个封闭的空间。没有人能够驱赶我。我在新生婴儿的摇篮里歌唱，在悲伤的河床上歌唱。我的声音会四处散布开来，就像睡梦和无眠中的灾难。奥菲欧知道。失去爱人的痛苦早晚会过去。怀着复仇之心，奥菲欧会继续弹唱我，直到酒神女祭司将他撕碎。那时，鸟儿将不在枝头窜动；水浪将不再拍打岸边；风停止呼啸；幕布拉开，歌剧开始。

小贴士

克劳迪奥·蒙特威尔地，介于文艺复兴时期和巴洛克时期之间的人物。蒙特威尔地被认为是古典音乐史上一位划时代的人物，他的牧歌创作是这一文艺复兴时期音乐体裁的巅峰，而他的歌剧创作则是这种体裁的奠基之作。他是巴洛克音乐的早期代表。《奥菲欧》是其一部主要的歌剧作品。

吕利（1632—1687，在意大利出生的法国作曲家）

　　细软脖颈上佩戴着奢侈的黄金掐丝饰品。金黄色色调的地毯。丝绸衣物上的徽标。折扇边缘仿佛猎鹰翱翔时划过的天际线。祷告听起来像爱情的呻吟。酒，顺着玻璃流淌，和肚子里流动的酒一样。停止了走动。将身体安坐在倾注一切时间精心加工的椅子里。宏伟庄严的时刻到来了。钻石、红宝石在他指间闪耀；头发，不屑于用水打理，闻起来有香水的味道，香味如舞蝶飞舞般挥发开来。张张面孔是脂粉的圈套，脸上的胭脂红苍白得像黄昏异常的蓝色。蜡烛火光营造的深邃里呼吸到音乐迫切找寻的极致。但搁在弦上的双手耐心地等待。吕利知道在那份期望中有人、神和感受，所有都交织在了一起。他掌控的一切谁也不缺。世界会开启，就好像是一个成熟的果实，声音会用饥渴去嚼碎世界。吕利相信：上帝和我在一起。我就是上帝，他再次对自己说，用力握着指挥杖。演奏家们恭敬地看着他。座席间的叹息声骤然止住。吕利想起了阿尔刻提斯悲伤的奢华，伊西斯的痛苦，忒修斯的噩梦。指挥杖，就像一条燃烧的蛇，让他们将它举起。吕利是激情世界的国王。当指挥杖落下，人就会感受到，充满能量。指挥杖，就好像铁打的匕首，不是在地上做梦而是穿过你的脚。此处就是死亡苏醒的地方。

小贴士

　　吕利，创作了许多用法语演唱的歌剧，成为法国歌剧的创始者，发展了大经文歌和法国序曲，对当时的欧洲音乐产生了巨大影响，代表作有《阿尔且斯特》《爱神与酒神的节日》等。

　　阿尔刻提斯、忒修斯，希腊神话人物。

　　伊西斯，古埃及女神。

圣科伦布（1640—1700，法国维奥尔琴演奏家、作曲家）

　　每次有机会，你就会走进茅屋。你坐下来对着死气沉沉的墙面。提琴放在你的脚边。你闭上眼睛弹奏。空酒瓶，沿口破损的酒杯，两个腐烂的苹果，还有几块面包，放得太久闻起来有肉皮的味道。几瓣蒜，表面像张用过的纸。橘皮干干巴巴，和你的皮肤一样。茅屋的存在是为了能更好地与世隔绝。你认为自己是在同人生对话，因为你喜欢井里悄声细语的苔藓，轻轻吹拂虞美人的微风和在湿润粗石上缓缓爬行的蜘蛛。你就这样生活了一段时间。于是一支曲子诞生了，再现这些情景。一天，你给提琴加了一个低音弦，因为比尖锐的那根弦能更好地表达孤寂。另外那根即便存在，也无法和它交谈。你妻子离世的时候，这种感受更加明显。从那一刻起，忧郁越来越重，就像一朵黯淡的花朵在你心中成长。你若是听命于自己的冷漠，那么你将看不见任何人。你和女儿们一起弹奏你创作的三重奏来抚慰等待，你会连她们也看不见。你知道酸味的酒、被阳光晒干的面包和放在腿上的提琴就足以让你生存。你问，从什么时候你开始和鬼魂说话。面对着世界的崩溃，你决定保持沉默，回忆沉默。你追随着她潮湿土地般的气息。你渴望她的拥抱，也就是你的坟墓。

小贴士

　　圣科伦布，作为一个真正的古提琴大师而闻名——因为他不仅能够掌握这种乐器，而且还能改进它：据称第七根琴弦就是由他加上去的。圣科伦布现存作品有67首古提琴二重奏，超过170首七弦维奥尔琴独奏曲，这些使他成为法国多产的古提琴作曲家之一。

帕海贝尔（1653—1706，德国作曲家）

　　谁生活在曲谱中的和弦里。谁在小提琴上度过时光。谁总是在开始时结束。时间、空间和我。三部曲中没有一丝缝隙。

马兰·马雷（1656—1728，法国作曲家）

　　我触碰琴弦就好像在用鼻子闻黄褐色树叶上的露珠。树叶背面朝着降落的方向，它的颜色注定要坠落。我触碰琴弦就好像在抚摸一缕依次在几个房间中消失的阳光。满足的欢愉留下的是离去的悲伤。我再一次拿起琴弓。事物爱恋得越深，越是脆弱，越是鬼魅。我碰到某件东西，无言地给我划定了界线。走廊上忽明忽暗。无法忘怀肌肤的温存，最终感受到不安。某个地方从空间里瞬间消失。各种合谋从记忆中忘却。在维奥尔琴拉响的时候，我就是那份持续。

小贴士

　　马兰·马雷，法国作曲家、指挥、维奥尔琴演奏家。1679 年 8 月 1 日起被任命为路易十四的宫廷维奥尔琴演奏家，晚年从事维奥尔琴教学。

库普兰（1668—1733，法国作曲家）

　　你偶然感觉到有人抓住你。一个两眼斜视、双手无形的人在你的血液里走动。就好像世界——那个只属于你的小小居所——不痛不痒地走过。白色身子的猫，黑色的耳朵，在你指头拨弄下酣睡。在栅栏的那边，植物的绿色在晚来的灿烂阳光下熠熠生辉。水从你看不见的蓄水池中流淌出来，尽管千回百折，也与时间相距甚远。亚历珊德拉在读诗，目光温柔地看着文字，慢慢暗淡。你的心脏在跳动，它会在某一天停止跳动，这无可置疑。但是它现在跳动得很安静。古钢琴继续弹奏出和音。你听得见，就像一个遥远又新生的源泉。你知道，幸福在那里呼吸，你沉浸其中。

小贴士

　　弗朗索瓦·库普兰，法国键盘音乐古钢琴乐派的中心人物。他是库普兰音乐家族中最著名的一人，也称"大库普兰"。自1693年起在凡尔赛宫担任皇家音乐教师，教育皇家儿童。擅长创作键盘乐曲、器乐重奏曲、世俗歌曲及教堂音乐。

维瓦尔第（约 1675—1741，意大利作曲家）

威尼斯沉浸在水里。水哺育着注定要离散的大地，水面上开始下雨。雨滴落在殿宇上、神庙上；落在雕像上和桥面上；落在西奥伯琴和面具上。在人们消磨了语言，鸽子加速了飞翔之后，水吞咽掉一切，轻轻地，不留痕迹。

小贴士

安东尼奥·卢奇奥·维瓦尔第，意大利神父，也是巴洛克音乐作曲家，同时还是一名小提琴演奏家。主要作品有《四季》等。

泰勒曼（1681—1767，德国作曲家）

　　我喜欢那个每天学吹笛子的男孩。我喜欢他忘却时间的模样，就像一位神在吹奏芦秆，就像一位神在创造短小的生命。我喜欢想到他仿佛在回想一个梦。在这个梦里，吹着乐器，按着音孔，动物和人们就会心情舒畅。他一发现你，便即刻明白了你就是关在高墙后的爱恋，明白笛子便能把墙推倒，我知道这件事后，便更加喜欢他。我不知道他是否能够越过高墙，登上高塔，触摸到裸露的身体。但是我想象着他长长的手指按出美妙的音符，那些你赠与他的音符。我闭上眼睛看他。最后时间渐渐散去，塔门打开了，目光悬落在空中。

小贴士

　　格奥尔格·菲利普·泰勒曼，生活在巴洛克时期与古典主义时期之间的过渡阶段，是当时德国最重要的作曲家、管风琴家。他注重旋律写作的主调织体而常常抛开精致的对位技法，强调轻盈优美的旋律、明快对称的节奏、不臃肿浮躁的伴奏。他在那个时代被看作是"前卫"作曲家。著有600首意大利风格的序曲，46首受难曲，12套礼拜乐，40部歌剧及一些管弦乐、室内乐作品。

拉莫（1683—1764，法国作曲家）

他希望她不要醒来，很想抱着她，把她放到床榻上。趁着夏日馈赠的混沌，再一次用青年般热血方刚的热情爱恋一次。但是拉莫停住了。他观察着她衣服里露出的胸脯，难以用言语形容。他靠近她的鼻子，感受她嘴里的气息，她鼻子细长，就如同她的手指。他一时间沉醉在这极易破碎的空气里。但是拉莫感到这不可触摸的甜蜜支撑着他的欲望。他把她放到了床单上，小心翼翼地给她脱去衣服，避免吵醒她。他蹭到她脖子上柔软的汗毛。她的皮肤里散发出香味，与黄昏的基调相得益彰；双腿轮廓协调；从腹部的起伏可以神秘地感受到呼吸的急促。拉莫换了一个姿势，好让自己更有力气，让她继续在不知不觉中沉睡。他踩着筒靴，走向大键琴。他的手摸索着琴键。但愿他能捕捉到自己捉摸不定的梦想。

小贴士

让·菲利普·拉莫，法国巴洛克晚期作曲家。50岁才走上戏剧音乐创作的道路，他的戏剧音乐包括法国这一时期的各种体裁样式；他于1722年发表和声学教程，奠定了近代和声学理论。

巴赫（1685—1750，德国作曲家）

　　马格达莱纳走进圣卡塔丽娜教堂。她听说这里的管风琴是汉堡最有名的。殿堂里是一种沉重的昏暗，一片寂静。马格达莱纳感到心跳加速。教堂里发生着一些奇怪的事情；这种寂静氛围来自神龛里点燃的灯，像是火要瓦解一切。所以，她，一个乡下姑娘，有点迷糊了。马格达莱纳看着竖直的灯芯，看见一些模糊的手指从上面掠过。里面堆积了大量火炭。仿佛圣卡塔丽娜在被某种物质渐渐填满，这种物质是可以感知的，就像马格达莱纳每天早上双手感受到的面包一样。她沉浸在幸福里。她觉得拥有的身体永远不会死去；觉得肌肤的每个毛孔都像一个小小花冠般打开了。马格达莱纳感到自己在一个容器里扩散开来，感受到一种无法捕捉的东西。刚才的昏暗已经不在了，取而代之的是四周出现的无数双眼睛。小姑娘都要哭了，不久前她还沉浸在短暂的满足中。她张开嘴想要表述自己的迷惘，这时，她意识到四周飘荡的是管风琴的音乐。她感到灵魂得到了安抚，身体感受到升华。无边的欲望困扰着她，她则淹没在自己的欲望之水中。但是水无止境地从外面向她涌来。在看到斑斓羽翼的人们从云端纵身跳入虚空时，马格达莱纳才明白自己已经湿透了。声音突然停止了。她痛苦地想要离开。但是她听见从另一侧台阶传来的脚步声。是上帝，她想。时间慢慢过去，音乐变成了梦幻的芳香气息。马格达莱纳盯着楼梯的起点。她害怕又幸福，除了偶然的相遇，她或许会看到能够爱护她的那个人的面孔。脚步声还在继续靠近。一个声音说着一些听不懂的话。可能是祷告词；可能是诠释在圣卡塔丽娜教堂墙面上宇宙的奥秘。马格达莱纳看到了那个人。他看着她，平静地向她微笑。一种恐惧油然而生。一种恐惧迫使姑娘匆忙地离开教堂。

小贴士

　　约翰·塞巴斯蒂安·巴赫，巴洛克时期的德国作曲家，杰出的管风琴、小提琴、大键琴演奏家，被普遍认为是音乐史上最重要的作曲家之一，并被尊称为"西方近代音乐之父"，也是西方文化史上最重要的人物之一。

韩德尔（1685—1759，英籍德国作曲家）

　　韩德尔相信双眼的视力会神奇般地恢复。就像以前那样，突然间，他便能发现音乐的本质。他睁开眼睛，看到的却是迷雾。一块灰布上各种恶劣天气变得模糊。韩德尔本来能够倚靠着平静，将忍耐制成盾牌。但是他已经厌倦了让身体去找寻幻境，而剩下的只是令人生厌的品性和丑化期望的沮丧。真希望晚上听到的一首简单歌曲能让他感到安慰，真希望他努力争得的荣耀是个小天地，尽头是庆祝的话语，而不是无声的沮丧，吞噬掉一切。之前得知自己是掌声的中心而倍感幸福的韩德尔，现在只想孤身一人。他创作出音乐，好在世界各个角落弹奏，这是疲惫的渊源。他已经完成了能做的事情。他的作品现在无非是笑声、哭声和求救声的一连串折磨。某一天的某个时候，一个仆人唱诵《里纳尔多》唱段的热情音符；另一个仆人更想把荣耀奖励给他的《弥赛亚》。韩德尔请求让他安静一会儿。他在黑暗里抱怨、自比自画。虽然他清楚他们需要照顾他；需要有人清楚地数点荣耀；需要有个声音告知哪里是卫生间，哪里是走廊；需要另一个声音把他引到床上、引到窗边；还需要有一个声音跟他讲述身旁出现的巨大阴影。

小贴士

　　韩德尔的作品中融汇了德国严谨的对位法、意大利的独唱艺术和英国的合唱传统，是世界音乐史上的瑰宝。他同巴赫、维瓦尔第一起，为辉煌的巴洛克时代画上了一个圆满的句号。

佩戈莱西（1710—1736，意大利作曲家）

　　波佐利修道院是最后停留的地方。距离不太远，长长的走廊，寒冷是每日的过客。但是不及那不勒斯那么不可忍受。沉思是那么深刻，裴高雷西感到就像在家里。从花园和菜园那边传来海的声音，感觉就像一个疲惫男人的声音，但是无休无止。午后的某个时段，天空呈现出紫红色，古代亡灵的审判庭就设在这里的论断让人难以相信。据一位方济各会成员说，这种说法大概是因为这里靠近火山，地壳频繁震荡。然而，在裴高雷西看来，这里不是谈论地狱之门的地方。有时候他眼前出现一片彩虹色的云彩，他深信死亡之后再没有任何不祥的地方。死后，或许会淡然地离去。裴高雷西看着自己干瘦的身躯。他伸展双手。他看着它们，有些吃惊。然后，他弹动双手就好像在找寻一架遥远的大键琴。他也不相信自己的生命很快就要结束。或许他有一种物质可以长生不老。然而，晚上的煎熬却与日俱增。疼痛让他彻夜难眠。一团无法逃避的火焰将他吞噬。他汗流浃背。从某个地方传来一个地下的嘟哝声。是地狱的使者吗？裴高雷西问自己。那个人，在房间的昏暗中，给予他安宁让他得以休息。这名使者一下子便拥有了女性的特征。脸——不太能看清，上面蒙着一块蓝色的布。虽然看不清眼睛、鼻子、头发，但是蓝色的布穿过修道院，一直通往陌生的火山。与此同时，裴高雷西沉浸在梦里，就好像夜里一个突如其来的声音；就好像一个比音乐还要纯净的生灵；就好像在花园里流淌的水，无视时间的存在。他问，我是什么时候出生的？又问，我什么时候会死？那个女子回答说没有开始也没有结束。只是一个虚空的过程，有时悲伤，有时愉悦。裴高雷西再次睁开眼睛。旁边脸盆里面带血的唾沫慢慢散开。修道院的祷告会将他引向另一个岸边。在那里，大海是娓娓道来的一个词语。

小贴士

乔瓦尼·巴蒂斯塔·佩戈莱西，意大利作曲家、小提琴家、管风琴家，一位被过早夺去了生命的音乐天才，只活到 26 岁，却取得令人惊奇的成就。他的不少作品都是在他死后才为人所理解。

海顿（1732—1809，奥地利音乐家）

　　三支蜡烛在房间里。一只飞蛾在飞舞。飞蛾的翅膀扑着火光。在面对火花溅出的短暂时刻，海顿驻足停留。走廊上一阵急促的脚步。不是因为一位音乐家快要离世，而是因为拿破仑和他的军队已经开始入侵维也纳。这个时候逝世很糟糕——取来热毛巾的女仆说。但是，死亡根本不会在意人类的意愿。炮弹摇晃着房屋的基石。海顿想到了钟。他甚至感觉战士们把钟熔炼成炮，屠杀结束后，宗教信徒们再把炮熔铸成钟。他想象的钟来自童年，或是源自匈牙利附近一座城堡，或是来自英国郊区教堂。又投放了一颗炮弹。女仆一声喊叫，盘子掉了下来。海顿叫她过去，拉起她的手，唱歌安慰她。老人用灰色的双眼看着她，她明白，不会发生什么糟糕的事情，与此同时，那段疲倦的音乐从老人口中哼唱出来。

小贴士

　　弗朗茨·约瑟夫·海顿，继巴赫之后维也纳古典乐派的第一位代表人物、伟大的器乐作曲家，是古典音乐风格的杰出代表，在交响乐的创作领域成就突出，后人称他为"交响乐之父"。

莫扎特 （1756—1791，奥地利作曲家）

马车穿过萨尔茨堡最后的几块草坪。我闭上眼睛，听着空中飘浮的声音。它们没有找寻我的双手，而是永远待在了某个乐章里。它们知道自己存在的短暂，知道制作我的材质更加短暂。树木从我刚刚半闭半开的眼前掠过。它们是用春天的阳光编织的一部分幻想。我用手指在膝盖上打着节拍，哼出一段旋律。当死亡有一天也必须归我所有时，这段旋律或许会陪伴我离世。宇宙，变幻莫测，让我从一个滑梯飞速滑下，不过是幅偶然瞬间的伟大画作。面对宇宙这种突然间的沾沾自喜，我，世间的一名音乐家，幸福地微笑。马车外，赶马的热那亚人，一个爱开低俗玩笑的朋友，对着周边弥漫的爱意歌唱。

小贴士

沃尔夫冈·阿马德乌斯·莫扎特，欧洲古典主义音乐作曲家，乐于接受传统曲式，并对其做巧妙运用。他在音乐史上的重要性在于重塑并定义了古典音乐，不同于巴赫的均衡完美、贝多芬的桀骜不驯。莫扎特留下的重要作品总括当时所有的音乐类型。他谱出的协奏曲、交响曲、奏鸣曲、小夜曲、嬉游曲后来成为古典音乐的主要形式。

贝多芬（1770—1827，德国音乐家）

我想要聆听声音铺成的乐章，听着它似乎就能感觉到生活在热情地欢迎我。公园小径上孩童的声音，女仆们呼唤我名字的声音。我想要再次享受黄昏时分年轻的赞许声里传递出的亲切；我想要静听清晨时分的破晓，或是鸟儿斜飞划过夜空；我想要拥有一棵树，凑近耳朵倾听埋藏在树根下的躁动。空气中静谧的树枝触碰着音乐的心灵。但是这些我都听不见。耳中空洞无味的杂乱鸣响折磨着我。谁说静默可以表达最初的真谛，这是谎话。我愿意倾尽所有，只为换取可以再次听到的声音。我想要在现实的喧嚣中雕刻它。然而，我不会让禁锢我的无言枷锁将自己吞噬。沉寂中，我仍在探索，就好像一个盲人，在悬崖边摸索前行。

小贴士

路德维希·贝多芬，维也纳古典乐派代表人物之一，欧洲古典主义时期作曲家，世界音乐史上最伟大的作曲家之一。贝多芬一生创作题材广泛，因其对古典音乐的重大贡献，对奏鸣曲式和交响曲套曲结构的发展和创新，而被后世尊称为"乐圣""交响乐之王"。

帕格尼尼（1782—1840，意大利作曲家）

魔鬼在哪里？隐藏在木头的曲线里？是琴弦将他囚禁？捉摸不定地在弹奏出的琴音中跳跃？天使在什么地方？在朝着无形处上升的美妙声音中？在同时拨动的两根琴弦上散步？在没有枕木的滑音中显露面容？巫师藏在哪个地方？哪个瘦弱的身影收留了他？是在长袜开线探出的脚上？还是在手指从琴木一侧滑动到另一侧时舞动的翅膀上？然而，小提琴在热内瓦皇宫里安安静静。琴的旁边有一团不灭的火焰。

小贴士

尼可罗·帕格尼尼，意大利小提琴、吉他演奏家，作曲家，早期浪漫乐派音乐家，是历史上最著名的小提琴大师之一。属于欧洲晚期古典乐派，对小提琴演奏技术进行了很多创新。

弗朗茨·格鲁伯（1787—1863，奥地利作曲家）

音乐是从没有树叶的树上飘落下的一片雪花。用嘴吹气，为了那片纯洁不要掉落到地上。然后雪花在我们中间变成泥土，然后腐烂，最后，无踪无迹。

小贴士

弗朗茨·格鲁伯，富有激情的音乐教师，创作的圣诞颂歌《平安夜》广为流传。歌曲曲调动听，歌词优美，充满了宁静与祥和。

舒伯特（1797—1828，奥地利作曲家）

　　舒伯特等待着魏玛诗人的回复。几年前，他通过朋友施鲍恩给这个诗人寄了《纺车旁的玛格丽特》和《魔王》。他本不想这么做。歌德诗歌赋予他的激情对他而言就已经足够了。给这两首诗谱曲，在他看来就好像在呼吸，在品味清凉的水，观赏黄昏雨后的花朵。但是施鲍恩十分坚持，最终让舒伯特把本子连同作品一起寄了出去。好多年过去了，音乐家重复着这个原因，一直说诗人没有时间看他的曲子。曲调简明，时不时有转调，从忧伤到欢乐，从欢乐到死亡的征兆，从死亡再到对欢乐的想念。欢乐接踵而来，随即又消失，不知是为什么。那个本子，上面有施鲍恩的字，舒伯特甚至觉得本子在路上丢失了，根本就没有寄到那个创作了美妙诗歌的人手里。现在，他还想起了朋友写的几句话："这个年轻人刚刚 19 岁，阁下对他作品的认可，将让他感到无比幸福。""对他而言，这将是他在这个风雨变幻的世界获得的最大荣誉。"

舒伯特再回过头去看施鲍恩热情的手势,在肩膀上友好的一击,他确信歌德会施恩赞赏这个小伙子的才能。一切又好像重新发生了一遍。他感到很苦恼,这种不屑给原本已经充满失败的生活又增添了一分失落。日日夜夜在等待中过去。舒伯特不需要任何迹象来明白发生的事情。现在不只是疲惫迫使他弹奏钢琴,还有他艺术源泉的干涸。他曾经认为艺术才能会没有穷尽。舒伯特想自己还年轻,但是死亡已经与他契合,他也完成了自己该做的事情。不是最佳的表现方法,但是最紧凑的,或许是最重要的。有多少作品不是呢,他喊道。但是《冬之旅》,交响曲《未完成》,还有施鲍恩每次听到最后都会抽噎的钢琴四重奏一定是这样的作品。在回顾做过的事情和没做过的事情,舒伯特记起了那个没有讯息的消息,记起了没有回复的问题,记起了那座永远都没有搭建起来的桥。

小贴士

弗朗茨·舒伯特,早期浪漫主义音乐的代表人物,也被认为是古典主义音乐的最后一位巨匠。一生创作了600多首歌曲,开创了艺术歌曲发展的新纪元。

柏辽兹 （1803—1869，法国作曲家）

想在尼斯死去。有一次我在那里认识了幸福。有我寻找到的平静陪伴，我很幸福，没有其他人。明白音乐已经谱成。过去帝国的喧杂音乐。维罗纳自杀的年轻人们。在理智和激情中沉沦而被惩罚的浮士德。这个有鸦片瘾的年轻人在爱情中自缢，就仿佛一段不可能的真实。死亡只是厌倦了事物。尼萨，是走进死亡最好的地方。

小贴士

埃克托·路易·柏辽兹，法国浪漫乐派的主要代表人物。曾创作了《罗密欧与朱丽叶》《浮士德的沉沦》等著名作品。

维罗纳，罗密欧与朱丽叶之乡。

门德尔松（1809—1847，德国作曲家）

蝴蝶在山洞里飞舞。山洞里除了石头与黑暗，还有水。洞里的水属于我们所有人，哪怕我们无法阻止水的逃失。我谈及这种液态的光，是因为地球形成的时候，它就存在，那个时候还没有时间去想象声音和回声。笛子就仿佛是捕捉到夜晚将临的信号。疾风，就像灵魂一般，存在于琴弦中。矮人与公主的和弦。奇妙的夏日不知道失败与单调。和弦的魅力掩盖住了诠释我们的悲痛。

小贴士

弗利克斯·门德尔松，作曲家、钢琴家、风琴弹奏家、乐队指挥家，德国近代最重要的浪漫派音乐家之一。他的交响曲《苏格兰》《意大利》，序曲《芬格尔山洞》《平静的海与幸福的航行》《e小调小提琴协奏曲》等都是著名作品。

肖邦（1810—1849，波兰作曲家、钢琴家）

　　必须给他换衣服，给他吃的，给他清洗，不让他的身体腐烂。和他说话，哪怕从来没有答复。没有人能够进入那个被遗弃的地方。语言缺失的地方，痛苦与沉寂相连。但是，有一次，音乐声响起。有一个人，在角落里弹奏钢琴。或许是一个无名存在带来的信息。于是，他睁开眼睛，露出微笑，结结巴巴地蹦出一个音节。他的声音好像是在呻吟。短暂的间歇，你某个作品里一组重复的音符在瓦砾中指引方向。一段音乐叫醒了生命里的焦虑，随后又将这份焦虑沉浸在和谐之中。那个男人睁开眼睛。在声音的推动下，或者说，在声音的包裹下，他相信自己就是声音，他看见了黑暗之外的存在。我猜想他看了，但没有明白。就好像看到火，却不知道火的秘密。他看到了奇怪影像，看到一个没有边界的空间，看到了光亮，不久前的某个瞬间，在那里他曾经存在过，或者仍在存在，或是应该存在。

小贴士

　　弗雷德里克·肖邦，历史上最具影响力和最受欢迎的钢琴作曲家之一，波兰音乐史上最重要的人物之一，欧洲19世纪浪漫主义音乐的代表人物。他的作品以波兰民间歌舞为基础，同时又深受巴赫影响，多以钢琴曲为主，被誉为"浪漫主义钢琴诗人"。

舒曼（1810—1856，德国作曲家）

一片沼泽最终将我拭去。我没有了任何形态。如果有，也是一个模糊的样子，随后消散，不留痕迹。一片无法认出信号的虚空，停滞、坠落。那就是我。如果那种空虚是一道缝隙，方便词语在里面发出声音，那么缝隙辨认不出我。渴望不可能结束的痛苦从何处而来。身体上的创伤从何处而来，死死抓住灵魂，就像一只无名的钳子。这就是我的夜晚，感受着无穷无尽。谁可以将夜晚压缩。爱情？树林？河流？童年也不行，音乐更不行。我的黑夜是一只看着我的漆黑动物。我不知道它的眼睛是什么样子。也不知道它是什么气息。我只知道它在这里，在我的身旁。等着我进入它的洞穴里。

小贴士

罗伯特·舒曼，19世纪上半叶德国音乐史上杰出人物。他的钢琴作品短小，但在旋律、和声、节奏上都有自己鲜明的个性和独到之处，充满了浪漫主义色彩，因此他被人们称为"音乐诗人"。

李斯特（1811—1886，匈牙利音乐家）

你的双手抚过水面，我愿意认为那也是我的手。水波荡开。同心圆画出无数张脸。面孔相互错乱直到在某个地方一场梦或是一个无节制的乐感才能将它们辨别开来。

我的双手离开水面，但愿也是你的手。在清醒中颤抖。笨拙地移动，却没能写出诗篇。

小贴士

李斯特·费伦茨，匈牙利著名作曲家、钢琴家、指挥家，伟大的浪漫主义大师，是浪漫主义前期最杰出的代表人物之一。李斯特将钢琴的技巧发展到了无与伦比的程度，极大地丰富了钢琴的表现力，在钢琴上创造了管弦乐的效果。他还首创了背谱演奏法，他也因在钢琴上的巨大贡献而获得了"钢琴之王"的美称。

瓦格纳（1813—1883，德国作曲家）

那是 1848 年 5 月的一个夜晚。人声噪动，火焰横扫德勒斯登的房屋。瓦格纳高举着旗帜，高呼打倒贵族的狂热遍及各处。他看着这把火一般的匕首如何插进屋顶，如何摧毁貌美的妇女曾经安然入睡的家舍。现如今，瓦格纳对女人不知道是渴望还是憎恶。他感到有东西包裹他的胸口，就像一团火焰。某个时候，好些人进入一个庄园。他们从楼梯上去，损坏了壁画。其中一个人还解开裤子，在画上撒尿。画上的老人平静地微笑，尿液浇湿了他的胡须。瓦格纳突然被人群推到了一个房间。

里面有一架钢琴，就像是一笔巨大的财富和耻辱的象征。一声令下，所有人便开始挪动钢琴，将它推到窗边。就在他们合力抬钢琴的时候，一个人打开了琴盖，弹奏了一段荒诞的旋律，来庆祝这个毁灭的举动。我知道那个时候不适合向艺术致敬。瓦格纳的时代随后会来，带着他魔力的剑、巨大的怪兽、喜好报复的神灵居所。受人崇拜的黑暗还不到出现的时候。我现在看到的是他和其他人一起在抬钢琴，和其他人一起把钢琴推到虚空中。在音乐坠地粉身碎骨之前，他在高喊自由万岁。

小贴士

理查德·瓦格纳，开启了后浪漫主义歌剧作曲潮流，德国歌剧史上一位举足轻重的巨匠，是德国歌剧史上承前启后的人物，将浪漫主义歌剧推至巅峰，代表作品有《尼伯龙根的指环》等。

威尔第（1813—1901，意大利歌剧作曲家）

当你坐在摇椅上，听着《纳布科》囚犯的合唱时，你在看什么？当《茶花女》的序曲承载着巴兰卡韦梅哈的炎热时，你要在哪里另辟蹊径？在《命运的力量》的序曲进入你灌满酒精的血管时，你用双手在摩擦什么？你是又一个迷失在音乐里的人。你喝酒，抽烟。孩子们忙忙碌碌，频繁回家——我的兄弟姐妹们——而我还不知道，你要求他们保持安静，好让威尔第带你到科帕卡巴纳。但是科帕卡巴纳只有满是灰尘的房间。童年的贫困阴影还没有被驱散。父母的离世，无味无名。我在出生前的那些年朦胧地关注着你。那时我还没有眼睛来穿透时光，也没有足够的直觉来明白我是从你的种子里诞生的，而不是你诞生于我。现在我听着这些难以平复的悲伤唱段，当年你买英国留声机公司的唱片到巴兰卡韦梅哈去听，现在的我和那时的你一样年纪，我现在明白失败就是在音乐响起时流下眼泪，我在寻找触碰点。唯有说起：我们何时会再在一起。

小贴士

朱塞佩·威尔第创作的歌剧，音乐技巧娴熟，刻画人物内在性格细致入微，丰富并保持了意大利歌剧在音乐表演上的优势以及歌剧音乐中传统的分曲体结构，还注重乐队的作用和器乐的平衡性。其主要代表作品有歌剧：《纳布科》《弄臣》《茶花女》《游吟诗人》《奥赛罗》《阿依达》《西西里晚祷》《法尔斯塔夫》《假面舞会》《唐·卡洛斯》；声乐曲：《安魂曲》《四首宗教歌曲》等。

布鲁克纳（1824—1896，奥地利作曲家）

　　每天早上起床尤为困难。拿起衣服，穿在身上。找寻键盘，写下音符，这是因为眼睛分辨不清书写下来的字符，也辨不清墙面和家具上的实际符号。但是有人说过现实就是维也纳一处家具齐备的居所。或许有人说的现实就是钢琴、管风琴、几把椅子和悬挂在墙上的耶稣受难像。另外，布鲁克纳或许也不真实。在看见键盘上自己的双手时，他至少是这么想的。看着双手拿着五线谱，写着四分音符和全音符，弱音和强音。就好像这些符号——貌似一群小鸟——是能够擎住一个巨大宇宙的根根柱子。随着时间的推移，这样的想法越来越牢固——没有什么是真实的，布鲁克纳是某物的使者，只有上帝才知道。于是，除了他，没有人会相信。有的时候，他清晰地感觉到会成为天使，布鲁克纳神秘地微笑。一个矮胖的天使，乡下人的皮肤，喜欢喝啤酒，喜欢梦见忙于农作的农妇。但是他的这种牢固想法终将愉快地消散。他比任何人都清楚，尤其在他一遍又一遍检查自己乐曲的时候。这里擦掉，那里添加。再三权衡自己的和音——好像悬在空中的一个广阔湖泊。是的，布鲁克纳知道，他自己——沉重而衰老——是插着美丽翅膀的婴儿。上帝在他的身旁呼吸。那就是真实，别无他物。

小贴士

安东·布鲁克纳，著名作曲家、管风琴演奏家、音乐教育家，其作品多具有深邃的哲理性和沉思气氛；他的宗教音乐作品被誉为奥地利教会音乐的典范，交响曲气势巍峨，色彩明朗，兼用古典派贝多芬和浪漫派舒伯特的传统技巧，以及古代众赞歌的手法和后期浪漫派的音调，内容多数描写精神世界。

勃拉姆斯（1833—1897，德国作曲家）

一系列的毁灭落户在地球上。灰蒙蒙的天空，神情绝望。河水上涨。雨量增加。疾病不停歇。天边有光亮。难道是结束的信号或是来临的预示。我不知道见过了多少死亡。身在灾难中，为什么我至今安然无恙，解释这些也无济于事。我感受到混乱，脱离污秽，但在失去中我更加坚信。我就像生长在悬崖边上的灌木。多年来我寻找一个怀抱，可以接纳一切的毁坏。我曾认为自己将不能安息。但是，你的音乐出现在了那个被丢弃的房子里，就好像一个不该赠与的礼物。我走进了房子，就仿佛走进了遗忘。

小贴士

约翰内斯·勃拉姆斯，一位热爱民族文化，追求古典精神的作曲家。他在创作中力图维护德奥的传统，追求内在感情的深刻表现，反对浮华的表面效果，风格质朴、严峻，作品富有哲理性。一些评论家将他与巴赫（Bach）、贝多芬（Beethoven）并称为"三B"。

鲍罗廷（1833—1887，俄国作曲家、化学家）

你看到过她的大眼睛。她一开口，是风暴，也是细雨。你看到过没有树叶的枫树。天空如此干净，诗歌永远无法与天空相比。雪花上闪耀着只属于她的光辉。你还记得那个队伍，你在里面排了好几天。寒冷就像一把扎在恶劣天气皮肤里的匕首。那个妇女在人群中认出了你。她告诉你，最坚韧的是爱情，比阻挡恐惧的盾牌更坚韧的则是对遥远自由的期望。妇女拉着你的手，她请求你写一写俄罗斯的痛苦。你看了看她，答应了，尽管那时你自己已经很疲惫。你现在也没明白怎么就组织起了那一队人，受人欺凌，却没被污秽沾染的一队人。地面上一片雪白，美轮美奂。在铁栅栏后面，你等待着儿子，所有人都在等待孩子。这时，当唱机里响起鲍罗廷的四重奏时，你还依然相信音乐里的那一双双大眼睛可以照亮最阴暗的角落。你的家里，堆满了旧书，颓废的角落里长满了植物，细雨从缝隙里飘过。小提琴在中提琴和大提琴面前弱了下来。你的身体又一次感受到拯救的间歇。

小贴士

亚历山大·波尔菲里耶维奇·鲍罗廷，英雄性和史诗性是他作品的主要特征。他的音乐民族性很强，有的作品还带有迷人的东方异国情调，作品努力表现和歌颂俄罗斯人民的生活与精神，歌颂俄罗斯古代英雄人物的勇敢气概。

穆索尔斯基（1839—1881，俄国作曲家）

　　你看着过去，听着她不可恢复的存在。你想永远待在一座城堡古老的走廊里。你走进了阴森的树林。在报知晨曦的钟声的陪伴下，你安然无恙地走了出来。但是黎明在哪里？探查过后，你找寻着隐藏之物。你不知道该往哪里迈步。当你迈出一步，你便碰到了一个画廊。矮人、雏鸡、巫师，一扇你无法翻越的高门。你想要洗涤人生，不愿意经受不欢的打击。你怀疑一切过后还能有一片风景，在那里你可以呼吸些许半透明的微风。但是一阵哭声杂乱地闯了进来。音乐没有了抑扬顿挫，会是什么样子？音乐是你的奖励也是你的惩罚。要是音乐的奔放与抑制没有在你的血液里相融，你会去到了哪里？你伸手拿伏特加。在此之前，你听见回忆里的一个声音。她是如此简单，你想张口叫出她的名字，但是却没有足够的空气让你能够叫出来。

小贴士

　　莫杰斯特·彼得罗维奇·穆索尔斯基主张音乐必须反映现实，表现人民的精神面貌，其作品具有民族性和独创性。他的民主思想倾向和现实主义的创作原则，充分体现在他的作品中，代表作有《图画展览会》《跳蚤之歌》《荒山之夜》等。

柴可夫斯基 （1840—1893，俄国作曲家）

　　从窗户看去，圣彼得堡是一片完结景象。他在宫殿和街道中间散步，呼吸着寒冷空气，下到涅瓦河边。棺材及里面冻僵的尸体堆积在角落里。垂死的人努力守住胸中的火苗。那些依然健康生活的人，仿佛也因为自身的诉求而有些错乱。虽然我执着于你的样子；执着于杨树林——好像厚厚的酒杯，在紧张的夜晚给予我们红色的香味；执着于你的话语，那是无助时唯一的安慰；执着于你的嘴唇，能够平复长久的干渴。我问自己，你为什么如此喜欢逃避，你为什么也在虚空中结束。现在，我服了毒药，我又一次听到我们拥抱后的气息，就好像我的乐章完结时琴弦上消失的气息，就好像我与城市、与你阴影的告别。

小贴士

　　彼得·伊里奇·柴可夫斯基，19世纪伟大的俄国作曲家、音乐教育家，被誉为伟大的"俄罗斯音乐大师"和"旋律大师"。柴可夫斯基的作品反映了沙皇统治下的俄国广大知识阶层的苦闷心理和对幸福美满生活的深切渴望；着力揭示人们的内心矛盾，充满强烈的戏剧冲突和炽热的感情色彩。

伊格纳西奥·塞万提斯（1847—1905，古巴钢琴家、作曲家）

　　在哈瓦那和我的悲伤之间有片海，带着湿润盐味的街道和夜晚静止的水、褶皱的床单。一束光线在哈瓦那和我的悲哀之间消逝。一只手触碰到木棉树，这只手也让我在无节制的缺失中感到窒息。在哈瓦那和我的思念之间有很多张面孔。我渴望的面孔，记不清是在睡梦里还是在不眠中。断断续续，无法触及，就像海洋深处的生灵。我每一次的苏醒都是另一种形式的痛苦。另一些面孔填满了我的双眼——是在一天当中的其他时间寻找到的，然后又清除掉，就好像海鸥飞过的天际线。在哈瓦那和我梦想之间的所有时间里，在脱皮柱子撑出的空间里，无形的存在感增强，图像拆解；看着远方，阐释远方，因为这是我的使命。

小贴士

　　伊格纳西奥·塞万提斯对古巴音乐有着深刻的影响。他创作的丹萨舞曲现在被认为是古巴民族主义音乐的典范，是他创制了这种乐曲的形式。塞万提斯的音乐结束了古巴单一的古典主义音乐形式，其《古巴舞曲集》中汇集了多种舞曲的音乐风格及演奏技法。

马勒（1860—1911，奥地利作曲家、指挥家）

　　你不要走。我们还可以消除积怨。另一段人生很可能再开启，你依然拥有你的声音，音乐也还是属于你的。你不要再模仿我那些冗长的曲子，因为它们已经写完了。你可以自己写一些短小的钢琴曲。我会全神贯注地去修改。我们去客厅，向朋友们敞开家门，让家不再成为一个无法忍受的狂妄自大者的庇护所。我们去博物馆，谈论艺术。我们四只手一起弹奏莫扎特的奏鸣曲。我知道我曾经很狂妄。我只相信自己的声音殿堂，相信声势浩大的交响乐队，仿佛本就该由我把控世间的乐器。你说我只想到我自己，你说得有道理。我讲起别人来就好像在做冗长的演说。声音就仿佛来自宽阔的宫殿或是公共广场。我再一次请求你的原谅。我保证改掉我的不良品性，在众人面前像个伟人，其实却很脆弱。亲爱的，请让我牺牲一次。我已经给予了自己能给的一切。我曾经全身心地投入到那种高尚而又微不足道的艺术中。我知道将你遗忘在了自己虚荣自负的舞蹈里。我遗忘了温柔、聪明、美丽的你。你不要走。我的心脏不会再有很多时间了。来，把你的手给我。你不要把我抛在这辆列车上，这列车不是去维也纳，而是去一个不知名的地方。我知道我的心将再次在你身边跳动。莫扎特，我们心爱的孩子，也会再一次陪伴我们左右。

小贴士

古斯塔夫·马勒，后浪漫主义交响乐作曲家，是19世纪末20世纪初创作构思宏伟、篇幅庞大的奥地利交响曲音乐的重要作曲家。马勒是德奥音乐文化最杰出的代表人物之一，其交响曲在风格上，力求发展维也纳古典交响乐的传统，作品气势磅礴，题材取自维也纳民间风格音乐。

德彪西（1862—1918，法国作曲家）

在明亮的月亮下一切都在逃避。在永久的面具下一切是如此明显。我在树林小径上散步。我认为我在思考，我在记忆，我从刚刚感知的现在计划着未来。在与另一个期待的脚步聚集后我迈出步子。脚印模糊，好像雾的和弦。生活在流淌。琶音摩擦出树叶；鸟儿的啼叫——飞起来就是声音描绘出的一笔——；我颤抖的双手里隐藏着的风，尽在美妙的钢琴声中显现，然后是惊奇，这个时候已经不再是音乐，接着是安静，那是你容貌的缺失。

小贴士

阿希尔－克洛德·德彪西，19世纪末20世纪初欧洲音乐界颇具影响的作曲家、革新家，同时也是近代"印象主义"音乐的鼻祖，对欧美各国的音乐产生了深远的影响，代表作品有管弦乐《大海》《牧神午后前奏曲》，钢琴曲《前奏曲》和《练习曲》，而他的创作最高峰则是歌剧《佩利亚斯与梅丽桑德》。

西贝柳斯（1865—1957，芬兰音乐家）

"简单即是困难。"西贝柳斯说，不知道在哪里读到过这句话。他正从家出来到树林里去散步。走进树林就是忘却人世。枝叶间的这条路是通往内心终结的必经之路。人生很快就结束了，西贝柳斯再一次说，连去解读过往事情的时间都没有。同时，他的步伐淹没在了湿润的草里。然后，另一些人会赶超我们，我们的命运将渐渐迈入遗忘。再远一点的地方，鸟儿飞过天空。西贝柳斯透过树枝看到它们。他竖起耳朵想听鸟儿的歌声。这些声音，在天上编织成线，是我本该谱写的音乐，他想。一首曲子，可以是飞翔，也可以是翅膀和虚空。但是他知道现在已经没有能力创作了。每次开始，都会停止。于是他问，努力有什么用。之前也是这样。事实上，他这个人很容易赞美高雅的创作，也很容易相信所有的一切都没有用处。创作才开始，他便出现在深渊里，疲惫而模糊地看着本该攀登的山峰。但是一股神秘的力量，他不知道从何而来，最终推着他到达了制高点。海水怎么才能干涸；小雨怎么能停止，永远不要再下。这些都是西贝柳斯那个时候问妻子的问题。她给出的回答让他迷茫。她说，英雄永远不死，海水永远不干涸，雨终究会下。然而，要承认自己源泉已尽不是一件容易的事情。一天，他决定烧掉乐谱，像一个沉默的隐士一样面对岁月。"宇宙的便是持久的，直接的是最有力量的。"西贝柳斯接着对自己说，不知道这些警句从何处而来。他的步伐离开了道路去探寻水源。打湿了双手，一口气让他有了生机。于是他在湖里看见天鹅。他数着天鹅。他感到当自己老了的时候，没有什么话可说了，数天鹅就是他生命里唯一有意义的事情。有 17 只，他说。17 只天鹅，他重复一遍。我又再数了一遍。天鹅没有绕着我飞，而是很安静。它们收拢翅膀，将头扎进水里休憩。天鹅是我碰到的唯一的面孔。

萨蒂（1866—1925，法国作曲家）

　　阁楼坐落在柯西大街上，好像几个世纪前就已经在那里了。或许还没有人进去过，我们可能也进不去。但门却开着。一束亮光，从某个地方照出来，慢慢影射出界限。细小灰尘飘浮在空中。紧密地挨在一起，不是我们用热度能够呈现的。水可能从来就没有光临过这里，听不见任何水的响动。仅有一扇窗户面朝着一堵墙。我们不想打开窗，上面挂着一张蜘蛛网。这是一种很轻薄的网，令人陶醉，缜密精确；还有一张床和两架钢琴，一层灰尘铺在上面，闪着钻石般的光泽。我们在琴键上看到了没拆封的信件。深红色天鹅绒衣服好像幽灵一般堆积在一个角落。

笔挺的领口谈论着庆典时光。雨伞外包了一张退了颜色的纸，没人敢扯去。画作堆积在一起，蒙着一层绿色的铜锈。我们胸口一阵沉闷。几双透明的眼睛在各处看着我们。我们想出去的时候，看见了香烟盒子。数量很多，整整齐齐地堆放着，我们忘了自己要离开。里面有一些小纸片，我们一一展开。一系列城堡展现出来。纸片上是同一个哥特式的要塞，不同角度的样貌。城墙设计得很好；一座座的桥，尽管桥面很狭窄，一次次发出过桥的邀请；考究的园林消失在远方；塔楼高高耸立，我们永远无法触及。

小贴士

萨蒂，生活在浪漫主义音乐余晖下的他，是时代交替的叛逆者，他既是新古典主义的先驱，其作品又是印象主义的萌芽。他的音乐以简单的旋律、神秘的风格、怪异的曲名、千姿百态的意象叙说着其内心的孤独与迷惘，显示出不平凡的冷峻。

格拉那多斯（1867—1916，西班牙作曲家）

母亲年少时在夜晚聆听格拉那多斯。那是她梦里最喜欢的时光。《西班牙舞曲》让她渴望着甜美的幸福。爱情对她而言是一种奇怪的悸动，而不是过后的倦怠。夜里，当收音机在家中厨房传出声波，钢琴让她感受到了那种跳动。但是在白天，她操持家务。剥玉米、磨玉米粉、做米饼、打扫、纺线、发号施令。然后她去学校诵读拉斐尔·庞博的诗歌。席尔瓦修长的身影令她毛骨悚然。母亲还会有时间给祖母编发辫，给弟弟妹妹们读传道书里的篇章。屋外，在约隆博，矿上有仪式的时候，钟声就会在祈祷时敲响。每天准时重复着同样的事情，不厌其烦。然而，格拉那多斯的音乐就是一道狭缝、一丝泄露，摩擦着锅碗瓢盆，传到了母亲那里。她放下念珠，坐到收音机旁边。她闭上眼睛，抚摸着自己雪白热情的双臂。站在窗边，她再一次展开手臂，寻找到天上的繁星。

小贴士

恩里克·格拉那多斯，作品带有民族主义色彩的浪漫主义，素有"西班牙的肖邦"的美誉。他的音乐既带有肖邦式的热情和温柔，又有类似的精湛的作曲技法。同时，格拉那多斯还赋予他的钢琴音乐以新的元素，具有独特的地中海式欢乐，让人想起西班牙印象派画家索罗拉的画作中的阳光。代表作有《戈雅之画》《古风通纳迪亚集》等。

拉斐尔·庞博，哥伦比亚诗人、作家和寓言作家。

勋伯格（1874—1951，美籍奥地利作曲家）

　　在不太可能触及的角落与世隔离。用东西挡住墙面避免叫喊声闯入。无动于衷地观察着人们。观察着德国人，太残忍，你离开了；观察着美国人，举止轻浮，他接纳你。观察着那个处处不知疲惫，喋喋不休的民族。相信艺术与众人的欢庆背道而驰，它就好像一个矗立在夜里的坚定真实。将镜子砸碎，因为它照出的都是谎言。永远不离开你的藏身之处。为什么要在街上碰到相拥的毁灭与缺陷。想象一个到处完美的世界，就好像是寒冷的定义在渴望温暖。关在里面生活，仿佛一只小鸟，时刻想要飞翔。你就这样存在着，直到世界的错误完结。

小贴士

　　阿诺德·勋伯格，音乐教育家和音乐理论家，西方现代主义音乐的代表人物，20世纪著名的现代音乐作曲家之一，表现主义流派（有"新维也纳音乐"之称）的主要代表人物，是一位具有大胆创新精神的作曲家，他的作品曾经引起过很大的争议。

拉威尔 （1875—1937，法国作曲家）

　　《帕凡舞曲》缓解夜晚的呻吟，我的手指多少次停留在餍足的私密处。音乐里的一切都要求轻柔，即便是在踏板中延续的和音。语言从和音中滑出，推攘之间的手臂释放出恐惧。但是现在，当我再次听到它，触碰到的却是另一种感受。或许是同样东西的不同表现。小时候，父亲给我看过一张照片。睡梦中画面清晰可见。那个漂亮的女孩名字叫梅萨德斯。我从不了解自己的这位阿姨。《帕凡舞曲》将她从遗忘中翻找出来，将她放进我的记忆里，仿佛一份忧伤的礼物。梅萨德斯是我亲爱的逝者。身着衣服就好像一个经过 6 个月准备的忧伤少女，躺在一个半开的白色石棺里。她从里面看着我。大眼睛里隐射出等待着我的死亡。

小贴士

莫里斯·拉威尔，追求表现乐思的自由，但同时同古典传统始终保持牢固的联系。代表作有《达夫妮与克罗埃》《鹅妈妈》《茨冈》《波莱罗舞曲》《水的嬉戏》等。

《帕凡舞曲》，16 世纪初欧洲的宫廷舞蹈音乐。源于西班牙（一说意大利）。因其舞步庄重，如孔雀状，故又名"孔雀舞"。缓慢、庄重、二拍子。曾被早期组曲所采用，后逐渐为阿勒芒德等所取代。近代作曲家亦采用此舞曲进行创作，如福雷的《帕凡舞曲》，拉威尔的《悼念公主的帕凡舞曲》，沃恩·威廉斯的《约伯》中的《帕凡舞曲》。

曼努埃尔·德·法雅（1876—1946，西班牙作曲家）

迷幻从火的记忆里来，在腐蚀的墙体外画出一个区域，在蓄水池沉默的阴影下画出另一个区域。在无语的水里，在谣言沉积的石头上，是我想要存在的地方。

小贴士

曼努埃尔·德·法雅·马特乌是西班牙古典音乐界最伟大的作曲家之一。他对西班牙的民族音乐很感兴趣，尤其是他故乡安达卢西亚的弗拉明戈。代表作有《爱情魔法师》《三角帽》《西班牙庭园之夜》《安达卢西亚幻想曲》等。

斯特拉文斯基（1882—1971，美籍俄罗斯作曲家）

　　一个声音塑造了你。一个诞生在悬崖峭壁的声音，高到无人能翻越。声音的来源无关紧要。我只知道它描绘出了你的面容。被操控的通灵师，身材瘦小。你的大耳朵可以听见地上的轰响，接收到天上生灵的微波。你用手臂掠过浑浊的水。你降服灾难，面对无名爱情的告白，你感动万分。毁灭的旅行，不停地重建，旅途上唯一的人。你手臂灵巧的后面，秩序统治着混乱。你像暴怒的神灵一样叫喊。你原始的噪音再次让我们血液翻腾。

小贴士

　　伊戈尔·费奥多罗维奇·斯特拉文斯基，现代主义音乐的重要代表之一，生活经历复杂，创作作品众多，风格多变，代表作有舞剧《火鸟》《彼得鲁什卡》《春之祭》《婚礼》《普尔钦奈拉》《阿波罗》《竞赛》，歌剧《俄狄浦斯王》《浪子的历程》《普西芬尼》，以及《诗篇交响曲》《三乐章交响曲》，钢琴曲《俄罗斯圣歌》《我儿童时期的回忆》等。

安东·韦伯恩（1883—1945，奥地利作曲家）

韦伯恩努力去相信轰炸离维也纳还很远，相信他已经得救了，这些他都对妻子说过。事实上纳粹主义将一切变成黑暗，将他的音乐视为颓废。但是韦伯恩，身材干瘦，眼神胆怯，在黑暗中微笑。就好像在任何时期都有人能写出透亮的乐曲。纳粹分子还将他拒之门外。他已经不当乐团指挥，也不在音乐学校教课了。只是在出版了自己病态、朦胧作品的出版社里修改稿子，也给一些人上点私人课程，那些人和他一样，想退出混乱，想在钢琴旁边度过混沌时刻，或者谈谈文艺复兴时期长号的使用。他到过维也纳，到过布拉格，到过但泽，但韦伯恩感到自己的足迹是一个逃亡者的足迹，感觉清晰到令人窒息。一个逃亡者在漫漫长夜穿过破败的驻营地，奔走的脚步并没有打消一只愤怒的动物侦查到的印象。这场战争最终还是宣告登场。目睹不同派系的畸形行径不可避免。他的儿子在一次残酷的火车袭击中死亡。这对于韦伯恩而言，悲剧才真正开始。当知道战争已经结束的时候，他已经没有了力气，没有感到一丝放松。相反，听到和平的消息时，他内心一震。韦伯恩沉浸在不安中。他得知盟军会进入维也纳。他十分绝望，决定和妻子离开城市。萨尔茨堡的郊区有一个村庄。他的一个女儿住在那里。如果世界再回到从前，那里将是他的藏身之处。但是世界永远不会再像以前那样了。韦伯恩比任何人都清楚，只是不管不问。他们去的那个地方叫米特西尔。那些房子和无人的街道叫米特西尔，那里也有一支盟军。他们驻扎在那里是为了控制那些无法控制的走私网。韦伯恩夜晚走出来的时候，他们正在布网。他总是利用散步的时候抽根烟，平复一下焦虑。他又有一种感觉，一只不明的动物在探寻他的气味。香烟点着。韦伯恩把烟驱散。一个蓝色的光圈萦绕着他。他想起阿尔班·贝尔格不久前用小提琴描绘出的巨大天使。他回想起第一个和音，凄惨而纯洁，朋友的最后一场音乐会从此开始。就在这时他听见了一个士兵立定的声音。一看到他，韦伯恩的血液即刻凉了下来。他面对着沉醉，而且思绪混乱的士兵，就像那个声音造就的不幸天使。韦伯恩有些错乱，什么也不知道。他听见一声枪响，看见自己的香烟落了下来。他试图再走一步，但是没有用。

小贴士

　　安东·弗雷德里克·威廉·冯·韦伯恩，20世纪表现主义音乐流派的三位主要代表人物之一，热衷于勋伯格的"十二音体系"音乐。因受纳粹迫害，不得不过着隐居生活。1945年前往萨尔茨堡看望女儿、女婿，在宵禁时于户外吸烟，被一美国士兵误杀。

阿尔本·贝尔格（1885—1935，奥地利作曲家）

　　天际线悬在烟雾里。无尽长夜令他目光坚定，长夜里用碎石般的语言诉说一切。我们认为睡着了，此时他羽翼的轰响又将我们抛入不眠。我们像他一样赤裸身体，毫无反击之力，如同他无声的抗议。我们有时看见他站在屋顶的制高点，破碎的星球残骸勾勒出他的样貌。他的眼睛聚集我们的名字，也聚集灾难。无助的光亮在水坑中探头，闪亮也要点滴储备。几乎从来不说话。说话时也不动嘴唇，解读他的话语毫无意义。我们多希望是自己的园地；我们多希望可以触碰得到，就好像触碰到呼出的气体。但是他的翱翔是痛苦的代名词。一道道刻画出日日夜夜，好像一个奇怪的预言，一颗孤独中偏离航线的彗星。在我们周围一圈又一圈地旋转，远离任何的祈求。

小贴士

　　阿尔本·马利亚·约翰尼斯·贝尔格，表现主义音乐的代表人物，与勋伯格、韦伯恩开创了"新维也纳乐派"。他在作曲技法上的探索为整个20世纪音乐带来了一场革命。

维拉－罗伯斯（1887—1959，巴西作曲家）

　　他很瘦，很矮。棕褐色的头发带着波浪。抽着烟，脸上带着细小的伤疤。胡须，有些凌乱。嘴唇上方的胡子，稀稀疏疏，填补着面容。眼睛里闪烁着被真理折服的光辉。他使用一条白色的围巾，是一块简单朴素的布，用来遮挡通哈的风。一条褪色的牛仔裤，一双大大的工装靴。他弹着吉他。在他剩余的日子里，他就想这样每天弹吉他。事实上，我不知道他是否还活着。我最后一次看到他，是他在巴黎地铁站弹奏。我们只短短相处了几个月。我对他的家庭一无所知。不知道他是否曾爱恋过一个女人，是否追随某个学说。但是，他说了些关于福萨卡素卡靠垫工厂的事情。他在工厂里工作过几年，然后才决定弹奏吉他。有一天，他来到通哈，带着在波哥大得到的一些信息，寻找住处。在那些冰冷的社区里，一位神父最终收留了他。他需要在社区教堂里教孩子唱歌，组建一个唱诗班，用声音歌唱，再做些朗诵，以此来换取一日三餐和圣器室的住宿。我们时不时去那里。我觉得在这个没有庇护的城市里，再没有另一个更温暖的地方了。他指着房间里的圣徒、圣母和耶稣像，告诉我那些就是他的听众。我看着他睁大的眼睛。他头上的头发粗硬。双手，举在空中，并不是真正意义上的十字。我猜想，或许他们在邀请我坐到那边蒙着红色的祈祷椅上。有时，他从盒子里拿出乐器，弹奏一些前奏曲。世界变得愉快，单纯。就好像在那个房间里，历经沧桑的感觉瞬间变得甜蜜。他的手指在枕木上游动。我觉得唯有这个动作能减轻我们经历的动荡局势。有时候，我在间歇中睁开双眼，看不见任何人。没有他，也没有满屋的痛苦形象。美好的光明照满各个角落，一直到孩子们出现。他们成群结队地坐在地上，坐在祈祷凳上，坐在破破烂烂的椅子上，开始歌唱。

小贴士

海托尔·维拉－罗伯斯，拉美最负盛名的古典乐作曲家，20世纪唯一享誉国际的巴西作曲家，他的作品兼具强烈的本土节奏与异国风味，表达他对祖国的热爱。他也是著名的指挥家和大提琴家。其音乐作品风格深受巴西民俗音乐影响。

蒙波（1893—1987，西班牙作曲家）

一支歌曲里神秘色彩浓烈。权力与荣耀留下的孤寂；如愿的爱情在黄昏时刻带有悲伤的味道；一代又一代走过的小径现已成为灰烬、几张图片和寥寥数语。微风吹过呼吸的鹅卵石，拂过追悼死亡的眼泪，穿过作响的铃铛。那些时候橄榄的味道，那些时候语言是人们生活里唯一的真实。海市蜃楼让我们思考自我。卡塔卢尼亚从你的钢琴中流出，歌曲延续着那份安慰。

小贴士

弗德里科·蒙波·丹科斯，西班牙加泰罗尼亚作曲家，他的创作受到印象主义音乐以及埃里克·萨蒂的简约风格影响，十分恬淡安逸，而又带着淡淡的西班牙气质，在20世纪乐坛占有一定的地位，并获得过不少奖项，主要作品有钢琴独奏曲《歌与舞》《肖邦主题变奏曲》《沉默的音乐》，吉他组曲《孔波斯特拉娜》。

维克托·乌尔曼（1898—1944，捷克作曲家）

　　泰瑞辛有着湿疹状的表面，在我身上摩擦，不停地摩擦到火车停止。等待的窒息中没有一丝风。火焰或许将点燃我们的身体，我们会化成灰烬飘散在一片不该属于我们的土地上。但在监禁之后我依然活着。我没有意识到，恐惧已经吞噬了我的一切。我活着，幸好有音乐。她选中了我。我把她的信息传递给其他人。他们在知道我对声音的偏好后，有人便管我叫地狱歌手。我和他们一起面对泰瑞辛的黯淡时光。没有其他工具，也没有另一个盾牌。即便污秽，我觉得也比任何拷打要好忍受一些。但是火车慢慢停住了。我们到了奥斯威辛。从门缝里我看到了集中营的环境。在一阵杂乱声中，一个女人告诉一个孩子：别怕，亲爱的，别怕。我牢牢抓住这句微弱的声音，仿佛那是在拯救我。

小贴士

　　维克托·乌尔曼，因其犹太血统，1942年被纳粹送进集中营，后被杀害于奥斯威辛集中营。乌尔曼广泛使用各种现代技巧，且他的音乐常带有明显的政治色彩。作品有歌剧《亚特兰蒂斯皇帝》，钢琴独奏曲及管弦乐版《勋伯格主题变奏曲》和大量艺术歌曲。

　　泰瑞辛，德国纳粹的一处集中营。

帕维尔·哈斯（1899—1944，捷克作曲家）

泰瑞辛是水坑里的一个黑色影像，现在我的脚踩着水坑。面对着它的外立面，我说出一个词，坠入虚空。我不应该爱恋这个沮丧的边界，而应该拒绝在警戒线后面弹奏我的音乐。我想缄口不语，因为我知道我们身在毁灭的中心。在无尊严的劳作中没有一丝希望。小提琴和钢琴——他们允许的——演奏着我写在他们纸上的乐曲，但他们在嘲笑我的双手。我记得为囚犯弹奏的音乐会。作品的间歇是一片沉寂。大厅里听见一声微弱的咳嗽，可能是我，或者是那个翻动曲谱的年轻人。现在火车在驶向奥斯威辛，那声咳嗽声跟着我就像一个惩罚。我感到羞辱。但是在最为寒冷的日子才会寻求阳光。在我鬼鬼祟祟触碰到肮脏的契约时，就是我最寒冷的一天。

小贴士

帕维尔·哈斯，20世纪上半叶一位有着突出音乐才能的捷克作曲家，犹太人。他曾为中国唐代诗人崔颢、杜甫的诗谱曲。帕维尔·哈斯四重奏团就是以他的名字命名的年轻的合奏团。

汉斯·卡拉萨 （1899—1944，捷克作曲家）

　　一个幽灵瘫痪在监狱的墙壁上。那所监狱是泰瑞辛。那个幽灵就是我。监狱是我想要逃离的地方。如果墙向着我要去的地方打开，我便会坐在一张凳子上，在布拉格一座公园里，在一棵开花的树下；我会找一家客栈，就像黑夜里的一盏灯；我会用店里的钢琴弹上一支波西米亚的曲子；我会去看摩尔达维亚的水。水的模样，也是爱情和希望的面具。随后，我会去阅读一首里尔克的诗歌，让自己面对匆匆流逝的时光能够坚强。诗句里说孩子是4月的花园，我给诗句放首音乐。我会面对把我带到泰瑞辛来的迷宫。10月的这一天集中营终于打开了。一辆火车在等着我们，火车特别长，四周都是烟雾。都说车要开往奥斯威辛。或许是谎言。或许要把我们带到一个地方，在那里不会有监禁。

小贴士

　　汉斯·卡拉萨，出生在布拉格一个德国籍的犹太律师家庭，从小就表现出很高的音乐天赋，在幼年就能够模仿莫扎特的风格作曲。1942年被驱逐到泰瑞辛集中营，他在集中营里组织文化活动，创作儿童歌剧《布伦迪巴》，1944年被转移到奥斯威辛，从此便没有回来。

梅西安（1908—1992，法国作曲家）

嘴喙闪亮，它的延长线便是一颗星的所在。矿石般璀璨的目光从来不会被忽略。我就是它们飞翔时寻找的凹陷，它们美妙的居所。短暂的器皿无力容纳下它们。宇宙是个无底的窟窿，只有光亮能够应对。一群小鸟接纳了我。星星指引着我们前进的方向。

约翰·凯奇（1912—1992，美国作曲家）

　　你清楚谁拥有鲜活的气息，敞开胸怀迎接一切的可能。这片树林现在可能没有树叶。雨已经停了。你听见了。你觉得雨的声音是独一无二的。但是你却忘记了，湿润的土地上现在可能有你的脚印。你听见靴子下面的响动，那些蘑菇现在可能在神奇地生长。你抚摸着蘑菇的菌盖和菌柄上的凹凸不平。篮子满了。它的重量，事实上，就是宇宙的重量。蘑菇在和你说话。但是当你觉得听懂的时候，你又感到一阵迷茫。在走进茅屋之前你停了下来。闭上眼睛。时间在摇晃，沙沙声没完没了地穿梭其间。你想知道它在说什么。但是你也忘记了。

小贴士

　　约翰·米尔顿·凯奇，美国先锋派古典音乐作曲家，著名实验音乐作曲家、作家、视觉艺术家。从1950年起，他的名声和影响波及全世界。1961年，他的演讲、论文以一个意味深长的书名——"无言"出版问世，从此确立了他作为当代一位主要的音乐理论家和美学思考家的地位。

布里顿（1913—1976，英国作曲家）

　　在水与沙之间我是什么。一朵浪花摩擦着我的双脚，就好像一个爱抚我的美丽男孩，就好像我们俩是一个从未说过的秘密。

　　海鸥在屋顶划出宽阔的轨迹。钟声断断续续地响起。螃蟹不停地在海滩上写着看不懂的重大信息。前方，蓝色天际线邀我前往；身后，石头的居所请我留下。

　　我走进你。毫不犹豫。夜晚从你身体散开，聚集在我身上。沙沙声不停地跟随着我。我走进你，不慌不忙。你丰富又寒冷，清醒而古老。星星在天际飘浮。但愿在我怀念你影子的时候，能吸收到星星的光泽。

　　你的力量是还没有结束的现在。水，更多激烈的水。水淹没我的梦想和你窒息的不眠。我们无法在水流里长存。

小贴士

　　本杰明·布里顿，作曲家、指挥家和钢琴家，20世纪英国古典音乐代表人物之一。他在创作中尊重本民族的传统，又大胆吸收和运用现代派的风格、技巧，其重要作品中至少有两首与战争有关的安魂曲，而且不少版本将他这两部作品都称作《战争安魂曲》。

希纳斯台拉（1916—1983，阿根廷作曲家）

南美大草原可以命名一切。野蛮与文明间对峙的写照。没有树木和山丘的土地。传递出幼稚神祇无限醉意的曙光。热爱劳动，勇敢过人的草原人民。忠贞的妇女和黄昏渲染的思乡之情。多少次，我躺在由定音鼓、号角和低音提琴渐强营造的大草原上。大草原很像白人男孩——多年后已变成印第安人——在没有遗忘的屋子角落找到的那块土地。多少次我在小提琴的琴弦间想象着无边无际的平原，牲畜穿越过向远方绵延的牧场。但是庞大气势里有一种东西，很有民族特色，突显爱国基调，渴望找寻一种与土地相应的身份认同。一个人才刚刚出现在一片土地上的时候，这种相互的感应还很少。没有人的草原会是什么样子？夜晚无人观赏？于是我想坐在椅子上。在这里，在恩维加多的壁炉旁，聆听《遗忘树之歌》。感到自己在剥夺中受到保护。知道爱的缺失比世间任何的庆祝都要长久。

小贴士

阿尔伯托·埃瓦里斯托·希纳斯台拉，20世纪30—50年代，投身于阿根廷民族主义音乐运动，多数作品都带有民间生活气息。希纳斯台拉的作品包括3部大歌剧、3部舞剧、6首管弦乐曲、5首器乐协奏曲、4部室内乐作品及大量声乐和其他器乐曲。

里盖蒂 （1923—2006，匈牙利作曲家）

　　但愿大地能够在它空洞的岩浆中被识别。我知道陌生与清晰，恐怖和平静。无边的平静围绕着梦中摇曳的树枝。没有一个词语，里面的痛苦是平静的。没有一个人，去触碰折磨的空间。在物质流动的记忆里，抱怨消释。我知道透明和模糊。但愿树叶不放弃凋零，能获得平静，但愿所有生灵铸造在声与光之中。

小贴士

　　乔治·山多尔·里盖蒂，先锋音乐代表人物之一，是继巴托克后，匈牙利最重要的音乐家，后入籍奥地利。作为匈牙利犹太人的后裔，匈牙利音乐深深植根于他的血液之中，并对他以后的创作产生了深刻影响。

皮亚佐拉（1921—1992，阿根廷作曲家）

到哪里去寻找失踪者。布宜诺斯艾利斯的哪个广场能有他们的踪迹。在某棵高大的橡胶树下应该能说点什么。醉木树枝叶上或许在谈论某个失踪的女孩。有人在无数拐角背后寻觅身影，他的寻找将会脱离轨道；更多的是在街上找寻，街道笔直得像个噩梦；或者在茂盛的提普豆树下寻觅，一个健忘的神灵仿佛刚刚才将它们画完。某个地方响起了班多钮琴声。走在河边，河床呈现出一种铸造出的金属色。风是热的。潮湿让人想起大片雨林，围绕着那潭失忆的水。班多钮琴的曲谱那么长，长得像我走过的路，慢慢地与小提琴融合，与钢琴融合。我知道，整座城市就是一段悲伤。飞机，从天空穿过，寻找着奄奄一息的河流。

小贴士

阿斯托尔·潘塔莱昂·皮亚佐拉，班多钮手风琴独奏家，以全方位系统的古典音乐训练为基础，创造性地融合传统古典音乐与爵士乐的作曲风格，将探戈音乐从通俗流行的舞蹈伴奏音乐提升到可以单独在舞台上展示的具有高度艺术性，并能表达深刻哲理的纯音乐形式，并由此创立了"新探戈音乐"乐派，成为阿根廷文化的代表人物，以及南美音乐史上的重要人物。在阿根廷，皮亚佐拉被尊称为"探戈之父"及"阿根廷国宝"。

皮埃尔·亨利（1927—2017，法国作曲家）

　　搜集着一切能响的东西，我的时间已在其中流逝。我用对狂热的迷恋和对神秘的热情建起了自己的有声资料馆。如同所有人一样，她是一个期待永存的渴望。夜晚的呼吸，两个枝条间的彩虹，水坑里的雨滴，卷进女孩头发里的风，花园里蚂蚁的小径；刚刚烤好的面包，火上溢出的咖啡，对着鸟儿打开的窗户；隧道里的道路，工厂的汽笛，神话里的美人鱼，我梦里的美人鱼，轰炸的警报，办公室里的打字机，为和平而行军的士兵；公园里乞丐的鼾声，高低不一的吆喝声，歇斯底里的喊叫，产妇的哀叫，临近死亡的呼吸，各种打嗝声，肠胃的消化声，阵阵的雷声，等待中的沮丧，高潮时的喘息，椴树枝条间的月亮，孤独的潮汐，街面上的小便，小溪尽头，河流出口，沙滩，瀑布，滞流；光的谱线，白色的沉寂，黄色的韵律，红色的撕裂，承托宇宙的黑色；死亡的曲线，船舶的移动，雨，碎玻璃渣，湿润的微风，蟋蟀的鸣叫，大狗的犬吠，屋顶上的猫叫，野蜂的嗡嗡声，祈祷声。对逝者的话语，对新生儿的话语，恋人间的话语。一个词最终让我关闭听觉。

小贴士

　　皮埃尔·亨利，法国电子原声音乐作曲家，被称为电子原声音乐之父。

257

戈雷茨基（1933—2010，波兰作曲家）

　　你讨厌无调性实验。其实，那些实验是你在学校里迈出的第一步。在那之后便是音乐研究。结构、电子设备、系列实验是为了说明音乐诠释了我们现在的无依无靠。但是你是波兰人，在你的国家，恐惧已经在人们心中扎根。你感觉，若想揭示苦难，不知名的简单音乐或许是最好的表达方式。你不想喊叫也不想抗议。你知道你创作的东西是给那些只是想听歌的人。所以，你找寻世间的声音。你追逐简单的曲子，唱起来就像低声的合唱，像枪决中和毒气室里沉默的希望。你最终紧紧抓住这股力量，因为你明白她能哺育生命，就好像雨水一样浇灌着播种后干涸的土地。你在这股力量里找到了母亲的声音，她在战争中寻找孩子。你在监狱的墙壁上读到了爱莲娜的话语。这些话在咒骂男人的一堆话语中闪闪发光。那些男人也同样被杀戮了。在歌曲里母亲询问为什么杀了她的儿子。爱莲娜用指甲在监狱里写道：母亲，不要哭泣，上天的女王，帮帮我。于是你便有了一首曲子，就像一阵哀叹在耳里充斥。一种小型乐团的慢节奏作品，妇女的声音加剧痛苦，也抚慰痛苦。这会儿我在听你的那首乐曲。我知道在为你的逝者哭泣时，我也在为我的逝者哭泣。

小贴士

亨里克·米科拉伊·戈雷茨基，波兰著名古典作曲家，被认为是神圣简约主义的代表人物之一。他的音乐一开始受到韦伯恩的序列主义影响，但是后来更注重从传统的波兰圣咏、文艺复兴时期的复调音乐以及浪漫主义音乐那里得来灵感，其《第三交响曲》由于鲜明的有调性风格而深受全世界听众的喜爱，是20世纪下半叶古典音乐中少有的现象。

阿福·佩尔特（1935— ，爱沙尼亚作曲家）

安静，在留住瞬间的缝隙里，在教堂潮湿的环境里，混杂在鸟儿和鱼儿的睡梦里，承载着洪水的倾泻。我用修士的耐心追逐安静，直到捕捉到它。那个时候，才奏响自己小小的永恒。

小贴士

阿福·佩尔特，20世纪爱沙尼亚作曲家，其作品以合唱圣乐最为人所知，有些人称他的风格为"神圣简约主义"。

斯蒂夫·莱奇（1936—　，美国作曲家）

　　坚实的道路不断延伸。树木一棵棵过去。我们靠近这里，远离那里。树枝是不停重复的符号。我想起了什么。但不知道是什么。图像和树干混在一起。树叶在和我说话，我却没有什么可以和它们讲。风吹过，尽管我没有感受到。我知道风吹散了外面的云朵。鸟儿如一个影子飞快地从天空掠过。它们说着一个词，我也听不懂。我从窗户里看着山丘的轮廓。太阳慢慢藏入山间。是一种恩赐。也或许是一种惩罚。

小贴士

　　斯蒂夫·迈克尔·莱奇，极简主义音乐四巨头之一，在音乐创作中，运用了很多独创性的现代作曲技法，透过简单音乐语法及时间上的相抵，创造出音乐缓慢的位移感。

莱奥·布劳威尔（1939—　，古巴作曲家）

　　我在你水一样的怀抱里。在你风一样的怀里我试图休息。在你最隐蔽的角落我看到一个微弱的信号。在黑色的墙里，光的羽翼触碰墙面，我最终得以入睡。

小贴士

　　莱奥·布劳威尔，古巴哈瓦那作曲家、弹奏家、指挥家。莱奥·布劳威尔无疑是现代吉他音乐的一面旗帜。